PATRICIA
WENTWORTH

Der chinesische Schal

Roman

Aus dem Englischen
von Ulrike Müller

Orbis Verlag

Die Originalausgabe erschien 1943 unter dem Titel
»The Chinese Shawl«
bei Lippincott Company

Umwelthinweis:
Alle bedruckten Materialien dieses Taschenbuches
sind chlorfrei und umweltschonend.
Das Papier enthält Recycling-Anteile.

Genehmigte Sonderausgabe 2000
Orbis Verlag für Publizistik, München
in der Verlagsgruppe Bertelsmann GmbH

Umschlaggestaltung: Klaus Dempel, Stuttgart
Druck: Elsnerdruck, Berlin
Printed in Germany
ISBN 3-572-01143-4

I

Laura Fane kam Mitte Januar nach London. Wäre sie nur ein wenig früher oder später gekommen, hätte für sie, Tanis Lyle, Carey Desborough und einige andere alles ganz anders ausgehen können. Ihr einundzwanzigster Geburtstag war jedoch für sie der Anlaß, ihren Treuhänder und Familienanwalt Mr. Metcalfe aufzusuchen. Es war geplant, daß sie bei einer Verwandten wohnen würde, der alten Miß Sophy Ferrers, die so gebrechlich war, daß sie nicht mehr vor die Tür konnte.

Miß Ferrers hatte Laura auch sehr herzlich begrüßt und gemeint, sie solle sich ihren Aufenthalt hier so angenehm wie möglich gestalten.

»Die Maxwells haben dich für heute abend eingeladen. Robin und Alistair sind auf Urlaub hier. Du hast doch sicher ein hübsches Kleid dabei? Robin holt dich um Viertel vor acht ab.«

Helen und Douglas Maxwell waren Mitte Dreißig, sehr nett und mit Laura verwandt. Douglas arbeitete am Luftfahrtministerium, Robin und Alistair waren beide Piloten und noch unverheiratet. Laura hatte sie bisher zwei- oder dreimal getroffen. Sie freute sich auf das Wiedersehen mit ihnen.

Sie wählte ein schwarzes Kleid. Schwarz paßte besonders gut zu ihrer weißen Haut, den dunklen Haaren und den wunderschönen graugrünen Augen, die von langen dunklen Wimpern beschattet wurden. Ihr heller Teint war zart und ebenmäßig, der Mund voll und weich. Das einfache, geradezu streng geschnittene Kleid betonte ihre schlanke, wohlproportionierte Figur. Sie sah darin sehr jung aus, und es ließ sie größer erscheinen, als sie in Wirklichkeit war.

Laura betrachtete sich kritisch im Spiegel. Das dunkle Haar fiel in Locken in den Nacken. Sie holte aus ihrer Toilettentasche eine Kette mit einem Jadeanhänger. Oliver Fane hatte sie seiner Frau Lilian aus China mitgebracht. Lauras Mutter hatte sie nie getragen, weil Oliver kurz darauf gestorben war. Zum Schluß legte Laura sich den chinesischen Schal um die Schultern und spürte wieder diese seltsame Erregung, die sie immer ergriff, wenn sie ihn trug. Auch ihn hatte Oliver aus China mitgebracht – eine wundervolle Arbeit, jeder Millimeter ein Kunstwerk, die Farben auf schwarzem Grund geradezu unwirklich schön.

Sie ging hinunter und ließ sich von Miß Ferrers begutachten.

»Oh, ganz in Schwarz!«

Laura deutete auf ihren Anhänger. »Nicht ganz, Sophy.«

Miß Ferrers wackelte mit dem Kopf.

»Sehr hübsch, wirklich sehr hübsch und kostbar. Dieser Schal, so eine herrliche Stickerei! Du siehst sehr hübsch aus, Laura. Aber irgendwie erscheint es mir nicht so ganz passend für ein junges Mädchen.«

»Ich weiß – ich sollte ganz in Weiß gehen, wie meine Mutter auf dem Bild, und ich müßte goldenes Haar und blaue Augen haben wie sie.«

Miß Ferrers lächelte.

»Sie war sehr hübsch und verdrehte allen jungen Männern den Kopf. Dein Vater verliebte sich Hals über Kopf in sie. Er war mit seiner Kusine Agnes Fane verlobt, es wäre eine sehr günstige Verbindung gewesen. Agnes war ziemlich vermögend, aber als er Lilian gesehen hatte, war es um ihn geschehen. Die Leute redeten natürlich und machten ihm Vorwürfe, und ich fürchte, Agnes ist nie darüber hinweggekommen. Aber was soll's! Die Ehe wäre nicht glücklich geworden, denn Agnes liebte ihn sehr und war schrecklich eifersüchtig. Das wäre sicher nicht gutgegangen. Er liebte sie eben nicht – er liebte deine Mutter. Und dann starben sie so jung.« Miß Ferrers seufzte und schwieg.

»Ich gleiche ihr überhaupt nicht«, sagte Laura bedauernd. Sie wäre so gern wie Lilian gewesen.

Miß Ferrers blickte sie liebevoll an. »Du hast einiges von ihr.«

Laura beugte sich zu ihr hinunter und gab ihr einen Kuß. Da klingelte es, und Robin Maxwell stand vor der Tür, um sie abzuholen.

Die alte traurige Geschichte war vergessen. Robin war ein fröhlicher junger Mann, der sich vergnügen wollte in seinem Urlaub. Er redete ohne Unterbrechung den ganzen Weg bis zum ›Luxe‹.

Helen und Douglas Maxwell erwarteten sie in der Halle. Sie waren beide groß und blond und begrüßten Laura wie eine nahe Verwandte.

Nach und nach erschienen die restlichen Gäste. Alistair Maxwell kam mit einem lebhaften kleinen Persönchen namens Petra North – die pausenlos lachte und plapperte.

Nun wartete alles auf Tanis Lyle und Carey Desborough. Laura gefiel der Name. Sie erinnerte sich, daß sie ihn schon damals, vor zwei oder drei Monaten, als sie ihn auf der Rückseite eines zerknitterten Fotos las, gemocht hatte.

Die Maxwells unterhielten sich gerade über ihn. Er war Pilot und hatte eine ziemlich üble Bruchlandung hinter sich. Er flog noch nicht wieder.

»Tanis kommt wieder einmal zu spät«, sagte Petra North. Sie warf Alistair dabei einen bedeutsamen Blick zu. Alistair war jedoch voll auf die Tür konzentriert.

Robin meinte achselzuckend: »Sie ist nie pünktlich, selbst wenn sie es je versuchen sollte.«

Petra lachte. »Sie versucht es sogar ganz bestimmt nicht. Ich würde es wahrscheinlich genauso machen, wenn ich eine solche Erscheinung wäre. Es ist einfach eine Gemeinheit, so klein zu sein wie ich.« Sie warf Laura einen Blick zu. »Kennen Sie Tanis? Oh, aber natürlich – sie ist ja Ihre Kusine.«

Laura nickte. »Sie ist zwar meine Kusine, aber ich kenne sie nicht. Wir haben uns noch nie gesehen.«

Petra legte die Stirn in Falten. »Ach ja, dieser alte Familienstreit. Ihr Vater heiratete eine andere oder so ähnlich. Sie hat es mir erzählt.«

Laura war ein wenig verlegen. Sie sagte das erstbeste, was ihr einfiel. »Sie ist sehr schön, nicht wahr?«

Worauf Petra etwas bissig erwiderte: »Sie versteht es eben, Eindruck zu machen bei Männern.« Das letzte Wort kam sehr betont, dann änderte sich ihr Tonfall plötzlich. »Ah, da ist sie ja. Perfekter Auftritt, nicht wahr?«

Das stimmte. Sie, auf die alles gewartet hatte, schritten wie durch ein Spalier von der Tür durch die Halle.

Laura verfolgte das Schauspiel fasziniert. Hätte sie gewußt, was sich zwischen ihnen dreien noch abspielen würde, hätte sie bestimmt alles mit anderen Augen betrachtet. Doch so sah sie Tanis Lyle und einen großen dunklen Mann, und dann nur noch Tanis Lyle. Ja, so war Tanis – sie füllte den ganzen Raum aus.

Sie ist nicht schön – das war Lauras erster überraschender Eindruck. Sie sieht nicht eine Spur besser aus als ich. Und das stimmte. Sie war sechs oder sieben Jahre älter, vielleicht ein wenig größer als Laura – oder war es nur der raffinierte Schnitt ihres Kleides, der sie größer erscheinen ließ? Tanis hatte das gleiche dunkle Haar wie Laura – aber wie wunderbar war es frisiert. Die gleiche weiße Haut, die gleichen graugrünen Augen, vielleicht noch eine Nuance grüner als die von Laura. Ihr Gang war vollendet. Und was für eine wundervolle Figur, von dem dunkelgrünen Samtkleid nur noch betont!

Und da stand Tanis schon vor ihr und sagte mit tiefer,

kehliger Stimme: »Du bist also Laura – ich freue mich, dich kennenzulernen.«

Laura blickte in die grünen Augen, und sie fühlte sich auf eine seltsame Weise angezogen und zur gleichen Zeit abgestoßen.

Darauf wurde ihr Carey Desborough vorgestellt. Sie sah in ein hageres, sonnengebräuntes Gesicht und dachte bei sich: Warum muß er so aussehen? Das Seltsame daran war, daß sie kurz darauf nicht mehr wußte, wie sie auf diesen Gedanken gekommen war. Irgend etwas in ihr schmerzte, doch sie wußte nicht, was es war. Sie hatte ein merkwürdiges Gefühl von Verlorenheit. Einen Augenblick später war alles vorüber, und sie gingen zum Abendessen hinüber.

2

Laura hatte sich noch nie in ihrem Leben so amüsiert; alle waren so nett zu ihr, daß sie sich keinen Augenblick fremd fühlte.

Als das Essen vorüber war, wurde in dem berühmten goldenen Zimmer getanzt. Zuerst tanzte Laura mit Douglas Maxwell, dann mit Carey Desborough. Sie sagte:

»Ich bin doch viel zu klein.«

Er lächelte sie an und meinte freundlich:

»Das kriegen wir schon hin.«

»Ist Tanis größer als ich?«

Sie legte den Kopf zurück und sah, wie das Lächeln von seinem Gesicht verschwand. Mit betont gleichgültiger Stimme erwiderte er: »Oh, ich weiß nicht, aber ich glaube kaum.«

Danach tanzte sie mit Robin. Mitten im Tanzen blieb Laura plötzlich stehen und verfolgte mit leuchtenden Augen das bunte Treiben.

Robin lachte.

»Möchtest du nicht mehr tanzen?«

Laura entfuhr ein tiefer, glücklicher Seufzer.

»Ich möchte tanzen, und ich möchte zuschauen, und ich möchte mich unterhalten.«

»Du bist ein komisches Wesen!«

»Ich bin einundzwanzig. Ich bin erwachsen, und ich kann tun, was ich will.«

Laura lachte glücklich.

Sie zog Robin hinter sich her auf die Tanzfläche. Sie tanzten dicht an Alistair und Petra vorbei. Laura meinte:

»Ich finde sie sehr nett. Wer ist sie? Kennt ihr sie schon lange? Ist sie mit Alistair verlobt?«

Robin legte die Stirn in Falten. Er beantwortete nur ihre letzte Frage.

»Nicht offiziell. Um ehrlich zu sein, Tanis hat ihm wohl den Kopf verdreht. Ja, so ist sie, so macht sie es mit allen. Aber nicht mit mir, o nein – ich bin ein vorsichtiger Kauz.«

»Aber Robin! Stimmt das – ist sie wirklich so?«

»Warte nur ab. Sie hat sich darauf spezialisiert, anderen Mädchen die Freunde wegzuschnappen.«

»Das hört sich ja schrecklich an.«

»Aber nein. Sie ist dabei die Freundlichkeit in Person. Ich beobachte das schon seit Jahren. Sie freundet sich mit dem betreffenden Mädchen an, schnappt sich dann den Freund, doch nach kurzer Zeit ist sie seiner überdrüssig und gibt ihm den Laufpaß. Sie hält es nie lange bei einem aus. Am liebsten hat sie mehrere gleichzeitig und genießt es, wenn sie sich ihretwegen die Köpfe einschlagen.«

Seine Stimme war so leidenschaftlich und böse geworden, daß Laura es mit der Angst zu tun bekam. Sie blickte ihn erschrocken an. Sein jungenhaftes Gesicht sah um Jahre gealtert aus.

»Ich habe allerdings nicht gedacht, daß Alistair so ein Narr sein würde«, knurrte er. Plötzlich machte er eine ruckartige Bewegung und beschloß das Thema mit den Worten: »Aber warum reden wir nur die ganze Zeit von dieser Circe? Sie wird sowieso eines Tages ermordet. Bei ihrem Anblick sehe ich rot.«

Dann tanzte Laura mit Alistair. Dessen einziges Gesprächsthema war tatsächlich Tanis. Alles drehte sich um sie.

»Sie ist so selbstlos. Denke nur, ich bin doch wirklich ein ganz entfernter Vetter von ihr, ich habe sie vorher nicht gut gekannt. Und trotzdem nimmt sie sich Zeit für mich.« So ging es in einem fort – Tanis, Tanis, Tanis.

Laura interessierte sich zwar für Tanis, aber sie fragte sich, wie lange sie das aushalten würde und ob Alistair auch Petra mit diesem Thema unterhielt.

Laura hatte das Gefühl, einer Schallplatte zuzuhören.

Nach ihrem dritten Tanz mit Carey Desborough zog dieser sie in eine der Nischen neben der Tanzfläche. Sie registrierte, daß er sie mit einem Ausdruck auf dem Gesicht betrachtete, den sie sich nicht erklären konnte – suchend, fragend, sie wußte es nicht. Sie glaubte eine Spur von bitterem Humor darin zu entdecken, und sie fragte sich nach dem Grund.

»Du bist eine Kusine von Tanis, nicht wahr?«

Bei dieser Frage ging Laura ein Licht auf. Ihr Kinn hob sich ein wenig, als sie erwiderte:

»Ja, ich bin Laura Fane.«

Er sagte: »Du bist nicht wie sie.«

»Warum sollte ich auch.«

Er lächelte sie entwaffnend an. Wie verändert sein Gesicht plötzlich aussah. Und merkwürdig, erst als er so lachte, sah sie, wie traurig seine Augen blickten.

»Ich habe das nicht so gemeint. Sei nicht böse. Ich wollte damit nur sagen, daß du ihr äußerlich ziemlich ähnlich siehst, daß du aber ein ganz anderer Mensch bist.«

»Ich finde nicht, daß ich ihr ähnlich sehe.«

»Ich meine ja nur die Haarfarbe, die Augen und so. Aber dafür seid ihr ja auch Kusinen.«

»Ja, ich war ziemlich neugierig, Tanis kennenzulernen. Außer den Maxwells habe ich nie einen Verwandten der Fanes kennengelernt. Und sie gehörten schon zur Familie, lange ehe dieser Familienkrach damals passierte.«

»Was war das denn eigentlich für ein Krach? Oder darf ich das nicht fragen.«

»Oh, das ist kein Geheimnis. So etwas spricht sich doch herum. Mein Vater brannte mit meiner Mutter durch und heiratete nicht die Frau, die seine Familie für ihn ausgesucht hatte.«

»Ist er enterbt worden?«

»Das ging nicht. Die Propstei gehörte ihm sowieso. Und sonst war nichts zu vererben. Dafür besaß meine Tante Agnes eine ganze Menge. Ihre Mutter war sehr reich. Seit damals lebt sie in der Propstei zur Miete. Weißt du, mein Vater war bei der Marine, er hätte sowieso nicht dort leben können, und auch ich weiß nicht, was ich dort soll. Warum also soll Tante Agnes nicht dort wohnen? Komisch, wenn ich bedenke, daß ich das Haus noch nie in meinem Leben gesehen habe.«

»Warum fährst du nicht einmal hin?«

»Sie hat mich ja noch nie eingeladen.«

»Wo wohnst du überhaupt? Was machst du? Dein Vater und deine Mutter . . .«

Sie schüttelte traurig den Kopf.

»Sie starben, als ich fünf war. Ich erinnere mich kaum noch an sie.«

Wie jung sie noch ist! dachte er bei sich.

»Aber es hat doch jemand für dich gesorgt.«

»O ja, die Schwester meiner Mutter – sie ist sehr nett.«

»Und was machst du beruflich?«

»Ich bin Sekretärin, nebenbei helfe ich Tante Theresa.«

Carey Desborough lachte. »Und was treibst du in deiner Freizeit?«

»In meiner Freizeit?« Plötzlich mußte auch sie lachen. »Ach, so hast du das gemeint. Na ja, ich gehe ab und zu ins Kino oder zum Tanzen.«

Seine Augen blitzten sie an.

Zu ihrem Entsetzen merkte Laura, wie sie plötzlich rot wurde. Ihre Wangen brannten.

Carey lachte.

»Ich habe schon jahrelang kein Mädchen mehr kennengelernt, das rot geworden ist.«

Damit war das Eis gebrochen.

»Wie lange bleibst du in London?«

»Etwa eine Woche. Das hängt von Mr. Metcalfe ab.«

»Wann gehst du zu ihm?«

»Morgen um zwölf Uhr.«

»Dann würde ich vorschlagen, daß wir hinterher gemeinsam zu Mittag essen und dann eine kleine Besichtigungstour starten.«

Wieder wurde Laura rot. »O ja, das wäre wunderbar!«

3

Mr. Metcalfe war ein netter älterer Herr.

»Dann fangen wir also an, Miß Laura. Ich habe eine ganze Menge mit Ihnen zu besprechen. Außerdem habe ich Ihnen einen bedeutsamen Vorschlag zu unterbreiten.«

»Und der wäre?«

»Ich kann Ihnen nur raten, überdenken Sie ihn in Ruhe. Der Vorschlag kommt von Miß Agnes Fane ...« Er machte eine Pause und sah Laura prüfend an. »Doch ehe ich Ihnen Näheres darüber mitteile, möchte ich Sie bitten, mich anzuhören. Ich vermute, Sie kennen die Familienverhältnisse nicht sehr gut.«

Laura blickte ihn offen an.

»Ich weiß nur, daß mein Vater mit Agnes verlobt war und mit meiner Mutter durchgebrannt ist.«

»Ja, das stimmt. Aber schauen Sie sich das einmal an.«

Er hielt Laura ein Blatt Papier hin.

»Vielleicht hilft Ihnen das ein wenig weiter.«

Es war ein Familienstammbaum.

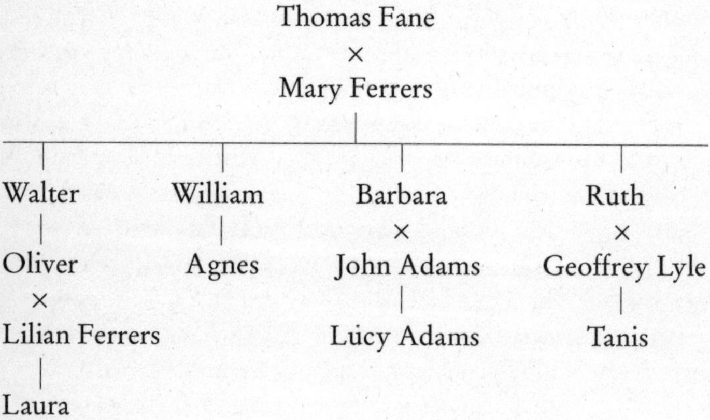

Mr. Metcalfe begann mit seinen Erläuterungen.

»Es fängt an mit Ihrem Urgroßvater, Thomas Fane, und Ihrer Urgroßmutter, Mary Ferrers. Sie hatten vier Kinder: Walter, William, Barbara und Ruth. Walter war Ihr Großvater – William Miß Agnes Fanes Vater. Barbara heiratete einen Mann namens Adams. Ihre Tochter, Miß Lucy Adams, lebt mit Miß Fane in der Propstei. Ruth heiratete Geoffrey Lyle. Sie war um einiges jünger als die anderen, deswegen ist ihre Tochter, Miß Tanis Lyle, auch etwa in Ihrem Alter, obwohl sie eine Kusine von Ihrem Vater und Miß Agnes und Miß Lucy ist. Ihre Eltern starben, als sie noch ein Kind war. Miß Agnes

Fane hat sie praktisch adoptiert. Sie und Miß Lucy haben sie aufgezogen und hängen sehr an ihr. Nun, meine Liebe, sehen Sie jetzt klarer?«

»Ja, doch.«

Laura erwartete mit Spannung den Vorschlag, den ihr Mr. Metcalfe angekündigt hatte. Dieser Stammbaum und alles Drum und Dran war doch garantiert nur die Einleitung.

Mr. Metcalfe stützte sich auf den Ellbogen und räusperte sich. »Als Ihr Vater die Beziehung zu seiner Kusine abbrach, war die Lage ziemlich verfahren. Sein Einkommen war nicht hoch, und er konnte es sich nicht leisten, in der Propstei zu leben. Miß Agnes war sehr vermögend, schon deswegen wäre die Verbindung äußerst günstig gewesen, ganz abgesehen davon, daß sie eine sehr hübsche und geschickte Frau war. Nun, Sie wissen ja, was geschah. Ihre Mutter kam zu Besuch, und Ihr Vater verliebte sich Hals über Kopf in sie. Miß Fane hatte daraufhin einen schlimmen Reitunfall und schwebte monatelang in Lebensgefahr. Sie versuchte später, die Propstei zu mieten. Ihr Vater ließ ihr durch mich einen Mietvertrag über einundzwanzig Jahre abfassen. Sie wissen sicher, worauf ich hinauswill. Der Mietvertrag läuft demnächst ab.«

Laura sagte laut: »Also, was will Kusine Agnes von mir?«

»Tja, also folgendes.« Mr. Metcalfe nahm einen Kugelschreiber in die Hand und drehte ihn unschlüssig zwischen den Fingern hin und her.

»Möchte sie den Mietvertrag verlängern?«

Mr. Metcalfe schaute gedankenverloren vor sich hin. Plötzlich blickte er auf.

»Nun, also – nein – sie will keine Mietverlängerung. Sie will das Haus kaufen.«

So etwas wie Schmerz durchzuckte Laura. Sie richtete sich auf und sagte nur: »O nein!«

Mr. Metcalfe legte den Kugelschreiber weg und setzte plötzlich eine sehr väterliche Miene auf.

»Nun, Miß Laura, dies ist ein Vorschlag, den es wohl zu überlegen gilt. Miß Fane hat Ihnen all die Jahre eine sehr gute Miete gezahlt. Außerdem hat sie eine ganze Menge Geld in das Haus und den Grund gesteckt. Wie Sie wissen, wurde ein großer Teil des Grundes von Ihrem Großvater verkauft. Was übrigblieb, befand sich damals in einem fürchterlich vernachlässigten Zustand. Miß Fane hat das alles geändert. Sie hat elektrisches Licht und Zentralheizung im Haus installieren lassen. Und nie hat sie dafür eine Gegenleistung verlangt. Das Haus ist wirklich ihr ein und alles. Und seit diesem Reitunfall damals ist sie doch sehr behindert. Sie können sich also vorstellen, was dieses Haus für sie bedeutet.«

»Aber wenn sie nicht gehen kann . . .«

»Sie hat einen Rollstuhl. Sie verbringt einen großen Teil ihrer Zeit im Garten.«

Laura sagte: »Ach so . . .« Sie war verwirrt und beunruhigt. Sie hatte das unbestimmte Gefühl, man wolle sie auf unfaire Weise erpressen. Sie blickte Mr. Metcalfe offen ins Gesicht.

»Ich möchte sie nicht rausschmeißen . . .«

»Dann sind Sie bereit, über den Vorschlag nachzudenken?«

»Nein, ich glaube nicht. Ich möchte nicht – verkaufen.«

»Ihr Angebot ist sehr großzügig. Sie müssen bedenken, daß die Miete Dreiviertel Ihres Einkommens ausmacht. Und Miß Fane ist nicht mehr die Jüngste und alles andere als gesund. Wenn sie sterben sollte, verlieren Sie dreihundert Pfund pro Jahr. Und einen Mieter wie Miß Fane finden Sie nie wieder.«

Laura machte eine ungeduldige Bewegung mit dem Kopf. Das Geld spielte keine so große Rolle. Es ging um andere Dinge. Sie fragte:

»Warum möchte sie die Propstei nach all diesen Jahren kaufen? Ich will sie ja nicht vor die Tür setzen, sie kann dort wohnen bleiben, so lange sie will.«

»Oh, sie will die Propstei Miß Tanis Lyle vererben«, antwortete Mr. Metcalfe.

4

Carey Desborough wartete schon auf Laura. Er sah von weitem, daß Laura verärgert war. Er wollte etwas sagen, doch sie unterbrach ihn:

»Ich bin in einer schrecklichen Stimmung. Ich werde wohl nicht mit zum Essen gehen, sonst verderbe ich dir die gute Laune.«

Es zuckte verräterisch um seine Augen, als er sagte:

»Ich bin ja jetzt gewarnt, am besten machen wir zuerst einen Spaziergang.«

Laura legte die Hand auf die Wange und spürte, wie sie glühte. Sie blickte Carey verzweifelt an. »Ich werde ein schrecklicher Gesprächspartner sein. Ich gehe besser nach Hause.«

Er nahm ihren Arm und fragte:

»Was ist los? Ist er dir zu nahe getreten?«

Plötzlich mußte Laura lachen. Sie sagte:

»Aber nein. Es ging um geschäftliche Dinge.«

»Möchtest du darüber reden?«

»Ich möchte schon, aber ich weiß nicht, ob es gut ist. Ich habe keine Ahnung, wie du zu Tanis stehst.«

Sein Gesichtsausdruck veränderte sich plötzlich und wurde hart. Langsam sagte er:

»Ich kenne sie allerdings sehr gut.«

»Liebst du sie? Wirst du sie heiraten?«

Kaum waren ihr diese Worte entfahren, schämte sich Laura auch schon und spürte, wie ihr das Blut in den Kopf schoß. Doch Carey sagte nur: »Wenn du deine Frage in die Vergangenheit setzt, dann stimmt es.«

»Wird sie Alistair heiraten?«

»O nein, sie hält uns doch alle zum Narren.«

In diesem Augenblick kam ein Taxi die Straße herauf, und Carey winkte es heran.

Erst als sie saßen, wurde Laura etwas ruhiger. Sie spürte Careys Blick prüfend auf sich ruhen.

»Warum reden wir überhaupt über solche Dinge?« entfuhr es ihr.

»Weißt du das nicht?«

Sie schüttelte den Kopf.

»Nein, es überkommt mich einfach.«

Seine Augen lächelten.

»So etwas ist mir noch nie passiert.«

»Mir auch nicht, und es würde mich nicht wundern, wenn es bedeutet, daß wir uns ineinander verliebt haben.«

Wieder wurde Laura rot. In ihren Ohren rauschte es, und dann hörte sie Careys besorgte Stimme:

»Laura, was ist los?«

»Ich – ich weiß nicht.«

»Laura, es ist alles in Ordnung.«

Sie sagte: »Ja.«

Er hielt ihre beiden Hände fest in den seinen.

»Hast du etwas dagegen, wenn ich mich in dich verliebe?«

Einen Augenblick lang schloß sie die Augen.

»Was würdest du tun, wenn ich nein sagte?«

In diesem Moment blieb das Taxi stehen, und der Fahrer drehte sich um.

5

Vielleicht war es ganz gut so. Es ging alles viel zu schnell, und Laura war ganz froh über die Unterbrechung. Im Restaurant erwies sich Carey als vorbildlicher Gastgeber. Er war sehr aufmerksam und las ihr buchstäblich jeden Wunsch von den Augen ab.

Laura erzählte ihm nach und nach, welchen Vorschlag

ihr Mr. Metcalfe im Namen von Tante Agnes unterbreitet hatte.

»Du willst also nicht verkaufen? Gefällt dir das Haus so gut?«

Sie schüttelte den Kopf. »Ich habe es nie gesehen, nur auf Fotos.«

Sie blickte ihn wieder an mit dem aufrichtigen, vertrauensvollen Blick, den er an ihr so liebte.

»Kennst du es? Meinst du, es gefällt mir?«

»Ich weiß nicht, du solltest es dir selbst anschauen.«

Laura nickte etwas widerwillig.

»Ja, ich fürchte, du hast recht.«

Der Rest des Nachmittags verging im Fluge. Als Carey sie nach Hause brachte, sagte er ganz unvermittelt: »Laura, ich weiß nicht, ob ich jemals wieder fliegen werde. Ich hatte einen bösen Schock weg.«

Laura streckte ihre Hand aus und sagte: »Es wird alles wieder gut werden, Carey, ich weiß das.«

Miß Sophy Ferrers saß auf dem Sofa im Wohnzimmer, eingehüllt in eine Unmenge von Schals. Als Laura hereinkam, streckte sie ihr die Arme entgegen und rief: »Laura, Liebes, hast du einen schönen Nachmittag verbracht?«

Laura sagte: »Ja, sehr.« Sie hatte das Gefühl, in einer Wolke von Glückseligkeit zu schweben.

»Ich bin ja so froh, daß du dich amüsiert hast. Agnes Fane hat angerufen und dich für morgen eingeladen. Tanis Lyle fährt mit ein paar Freunden zu ihr, und sie meint, du solltest mitkommen. Sie möchte dich gerne kennenlernen.«

Lauras ganze Fröhlichkeit war mit einem Schlag wie weggeblasen. Aber Miß Ferrers plapperte ununterbrochen weiter.

»Ich finde, du solltest hingehen. Ich kannte Agnes gut, ich meine vor dem Streit. Ich bin natürlich älter als sie . . .«

Laura lächelte ein wenig, sie hatte Sophy gerne, und sie war eigentlich ganz froh, nicht reden zu müssen.

»Ich habe Agnes zweiundzwanzig Jahre nicht mehr gesehen, sie muß jetzt – warte mal – ich glaube achtundfünfzig sein. Sie konnte ganz gut singen. Sie war entsetzlich in deinen Vater vernarrt...«

6

Laura würde ihren ersten Eindruck von der Propstei nie vergessen. Die Wolken hingen niedrig, und es dunkelte bereits, obwohl es noch nicht einmal vier Uhr war. Zwischen düsteren, kahlen Bäumen fuhren sie die Einfahrt zum Haus hinauf und hielten auf einem großen, rechteckigen, mit Kies aufgeschütteten Platz, hinter dem sich ein graues Haus erhob. Es bestand aus einem Hauptgebäude und zwei von Efeu umrankten Seitenflügeln, die einen gepflasterten Hof mit einem Brunnen in der Mitte umgaben. Der rechte Flügel bestand aus den Ruinen der ehemaligen Kirche.

Carey drehte sich zu Laura um.

»Gefällt es dir, Laura?«

Sie begegnete seinen Augen.

»Ich bin ganz verliebt.«

»Liebe auf den ersten Blick. Ist das nun trügerisch oder nicht?« Sein Blick schien sie auszuloten.

Laura erwiderte: »Komisch, aber so was weiß ich sofort, du nicht?«

Dann stiegen sie alle aus, und Laura hatte einen Moment Zeit, das Bild in Ruhe in sich aufzunehmen.

In der Halle flackerte ein riesiges Feuer, und eine breite Treppe, die sich in der Mitte teilte, wand sich hinauf in die schwarze Dunkelheit über ihnen. Es war auch hier düster, aber es war warm. Die drei schmalen Fenster über der Tür spendeten nur spärliches Licht, das weiter hinten zu dunklen Schatten verschmolz. Und dann wurde es plötzlich hell. Das Licht kam von oben, wo an den dunklen Wandvertäfelungen Kristalleuchter angebracht waren. Die Treppe wurde sichtbar – und gleichzeitig Tanis Lyle, die hoheitsvoll die letzten Stufen hinunterschritt. Laura war davon überzeugt, daß dieser Auftritt wieder sorgfältig vorbereitet war.

»Die Tanten erwarten dich schon sehnlichst. Komm mit, ehe es sich die anderen bequem gemacht haben. Der Salon ist hinten. Er liegt nach Südwesten und geht in den Garten hinaus. Tante Agnes vergöttert ihre Blumen, und es ist alles so angelegt, daß sie ohne hinauszugehen möglichst viel sehen kann.«

»Geht sie nie hinaus?«

»O doch, täglich. Sobald es draußen warm genug ist, hält sie sich mehr draußen als drinnen auf. Sie hat einen Rollstuhl, den sie unheimlich geschickt bedienen kann.«

Mit diesen Worten öffnete sie eine Tür und führte Laura in einen langgestreckten, weißgetäfelten Raum. Die violetten Vorhänge an den drei Westfenstern und den zwei Südfenstern waren bereits zugezogen. Die elektrischen Kerzen in den alten vergoldeten Leuchtern verbreiteten ein düsteres, unwirkliches Licht.

Rechts und links vor dem Kamin saßen die beiden Frauen. Und in diesem Augenblick hatte Laura nur noch Augen für Agnes Fane, die in ihrem Rollstuhl saß und sie erwartete.

Aufrecht und gerade saß sie da. Langsam streckte sie ihre Hände aus, als Laura auf sie zukam. Die dunklen Augen unter den starken Brauen sahen sie prüfend an. Laura empfand den Blick als so kalt wie die Hände, die Agnes Fane ihr zur Begrüßung entgegengestreckt hatte.

Sie wußte nicht, was sie erwartet hatte. Auf jeden Fall war Agnes anders, als sie es sich vorgestellt hatte – ganz anders.

Sie war eine sehr gutaussehende Frau – jetzt wahrscheinlich sogar noch attraktiver als in jungen Jahren. Sie besaß die gleiche feine, weiße Haut und das auffallend schwarze Haar wie Tanis und Laura. Aber nicht zu übersehen waren auch die tiefen Linien um Augen und Mund, Spuren von Stolz und Schmerz.

»Guten Tag, Laura.«

Die Stimme war dunkel und ohne jede Wärme.

Sie erkundigte sich höflich nach Theresa Ferrers, und dann wurde Laura Lucy Adams vorgestellt.

Laura sah eine plumpe Frau mittlerer Größe und mittleren Alters vor sich. Sie erinnerte sich an Sophy Ferrers' Worte, die zu ihr gesagt hatte, daß Lucy immer eine sehr dumme Frau gewesen sei. Und dumm war wohl der richtige Ausdruck für Lucys Aussehen. Sie hatte ein nichtssagendes, stark gepudertes Gesicht mit kleinen, glitzernden, grauen Augen. Dazu trug sie ausgerechnet Grau, die Farbe, die ihr am wenigsten stand. Eine goldgerahmte Brille saß irgendwie deplaciert auf ihrer Nase. Sie schüttelte Laura kühl die Hand und wandte sich sofort wieder an Tanis.

»Wo sind die anderen? Ich möchte sie gerne sehen. Hol sie herein, ich will dann gleich nach dem Tee läuten!«

Tanis zeigte Laura später ihr Zimmer. Sie gingen über die rechte Treppe hinauf und gelangten durch eine kleine Galerie in einen Korridor, der Türen zu beiden Seiten hatte.

»Tante Agnes hat das Zimmer ganz hinten auf der linken Seite. Es liegt über dem Salon. Ihr Dienstmädchen, Perry, bewohnt das Ankleidezimmer und Tante Lucy das Zimmer daneben. Meins liegt gegenüber dem von Tante Agnes, neben dem achteckigen Turm. Der Turm ist das einzige, was von dem alten Haus übriggeblieben ist. Da, siehst du die Tür am Ende des Korridors? Für Tante Agnes ist das sehr praktisch, weil sie durch die achteckige Form und die sehr dicken Mauern einen Aufzug zwischen meinem Badezimmer und dem

Turm installieren konnten. Ihr Stuhl hat gerade Platz darin, eine Tür führt in mein Wohnzimmer und eine in den Salon im Erdgeschoß. So, da wären wir, ich hoffe, das Zimmer gefällt dir. Petra wohnt gleich nebenan. Ihr seid nur durch ein Badezimmer getrennt – es macht dir doch nichts aus, es mit ihr zusammen zu benutzen, oder? Miß Silver wohnt drüben auf der anderen Seite des Hauses, zusammen mit Carey und den Maxwells. Sie ist eine Freundin von Tante Lucy. Die beiden drückten zusammen die Schulbank. Sie war früher einmal Erzieherin. Jetzt ist sie glaube ich so was wie Detektivin. Aber du wirst sie ja beim Tee sehen. Sie heißt Maud! Meinst du, du findest den Weg wieder zurück?«

Laura war froh, endlich allein zu sein. An die Stelle der Begeisterung, die sie im ersten Augenblick für dieses Haus empfunden hatte, war jetzt ein Gefühl von Fremdheit getreten. Nur von außen hatte das Haus so einladend ausgesehen. Von innen war es das krasse Gegenteil. Es war düster und fremd.

Das Zimmer, das man ihr zugewiesen hatte, gefiel ihr zwar, aber so ganz ihr Stil war es doch nicht.

Sie ging zu dem Fenster auf der linken Seite hinüber. Die Vorhänge waren vorgezogen. Sie schob sie zur Seite, öffnete das Fenster und blickte hinaus auf den Hof. Es war schon fast dunkel. Überall lauerten dunkle Schatten. Links erkannte sie die Umrisse der Kirche, das letzte Tageslicht huschte gerade über ihre zerstörten Arkaden. Lange Zeit verharrte sie in dieser Stellung. Dann kleidete sie sich schnell um und eilte nach unten.

7

Das Wohnzimmer war bereits voll von Menschen, als Laura hereinkam. Lucy Adams stellte sie Miß Silver vor. Laura sah sich einer kleinen Person mittleren Alters mit einem netten Gesicht und dichten, mausgrauen Haaren gegenüber, die am Hinterkopf ordentlich zu einem Zopf zusammengebunden waren und vorn durch ein Netz gehalten wurden.

Laura konnte nur kurz ihren Gruß erwidern, als sie auch schon zu einem Stuhl neben Agnes Fane weitergeleitet wurde. Diese stellte ihr einige Fragen über ihre Arbeit, ihre Interessen, ihre Freunde, und Laura hatte das unangenehme Gefühl, ausgefragt zu werden.

»Tanis ist froh, Sie kennengelernt zu haben. Ich freue mich, daß Sie hergekommen sind. Die Gelegenheit war günstig, da die Maxwells und Petra sowieso kamen, und natürlich noch Carey Desborough – aber den betrachten wir ja kaum mehr als Besucher. Er ist der Sohn eines sehr alten Freundes, und wir hoffen, er und Tanis werden bald ihre Verlobung bekanntgeben.«

Laura wurde abwechselnd heiß und kalt. Sie hatte das dumpfe Gefühl, in eine Falle geraten zu sein. Was immer zwischen ihr und Carey geschehen würde, es wäre eine Wiederholung der alten Geschichte. Ob Tanis die Drahtzieherin war?

»Wir haben ihn so gerne«, hörte sie Agnes Fane sagen, »und wir würden es sehr begrüßen, daß Tanis heiratet und seßhaft wird. Sie ist für uns wie eine Tochter und ...« Ihre dunklen Augen ruhten forschend auf Laura. »Wie schön wird es erst sein, wenn ihre Kinder einmal hier spielen werden. Ja, hier habe ich seit meiner Kindheit gelebt, und es ist auch Tanis' Heimat. Und nun ist es mein innigster Wunsch, daß auch ihre Kinder hier aufwachsen. So, und jetzt möchte ich mich ein wenig mit Alistair unterhalten. Würden Sie ihn herbitten?«

Alistair trennte sich sichtlich ungern von der Gruppe, deren Mittelpunkt offensichtlich Tanis war.

Miß Silver forderte Laura auf, ein wenig neben ihr Platz zu nehmen. In ihrer angenehmen, wohlartikulierten Art zu reden begann Miß Silver:

»Ich kannte Ihren Vater und Ihre Mutter.«

Laura wurde es warm ums Herz.

»Ja, wirklich?«

Miß Silver nickte.

»Ich hatte damals einen Schüler hier in der Nähe. Ihre Mutter kannte die Familie gut. Ich sah sie des öfteren und auch Ihren Vater. Sie sehen beiden ähnlich.«

»Meiner Mutter nicht.«

»Ja, sie war blond. Aber wenn Sie lachen und reden und wie Sie den Kopf drehen – ist die Ähnlichkeit nicht zu übersehen. Ich hoffe, Miß Fane zeigt Ihnen die Portraits, die von ihr und Ihrem Vater gemacht wurden und in ihrem Schlafzimmer hängen.«

Laura stockte der Atem. In Agnes' Schlafzimmer – all diese Jahre hindurch . . .! Leise sagte sie: »Wie seltsam.«

Miß Silver schüttelte den Kopf. »Nicht bei Agnes.«

Laura hätte Miß Silver gern noch einige Fragen gestellt, doch diese nahm ihren Strickkorb und erhob sich.

Laura gesellte sich zu Petra und Carey. Petra hatte jedoch gerade Alistair entdeckt und ging zu ihm hinüber.

»Carey, es ist fürchterlich. Agnes Fane hat mit mir gesprochen. Sie glaubt, daß du und Tanis heimlich verlobt seid.«

Er lachte, doch seine Augen funkelten ärgerlich.

»Woher weißt du das?«

»Weil sie es mir gesagt hat. Sie meinte, ihr würdet es bald bekanntgeben.«

»Oh, wirklich? Da wird sie sich aber wundern!«

»Bitte, rede nicht mehr mit mir und komme nicht mehr in meine Nähe oder sonst was ... Weißt du immer noch nicht, was das alles bedeutet? Was immer auch geschieht, es wird so aussehen, als habe ich euch getrennt, genauso wie damals meine Mutter. Oh, Carey ...!«

Er sagte schnell: »Bitte beruhige dich doch.« Dann, etwas lauter: »Komm, wir gehen ein wenig hinaus.«

Laura sagte: »Aber es ist ja dunkel.« Sie war völlig durcheinander.

Carey nahm ihren Arm.

»So wird dir die Ruine am besten gefallen. Komm mit!«

Lucy Adams drehte sich um und bemerkte: »Es ist viel zu kalt draußen.«

Carey lachte sie an. »Oh, wir gehen nicht hinaus.« Er führte Laura zum Ende des Zimmers und teilte die Vorhänge des linken Fensters, so daß sie hindurchschlüpfen konnte. Dies alles geschah so schnell und so in aller Öffentlichkeit, daß sie nichts dagegen unternehmen konnte. Er folgte ihr und ließ den Vorhang hinter sich zurückfallen. Sie waren allein, Dunkelheit umgab sie. Ein eisiger Windstoß fegte an ihnen vorbei. Carey sagte noch immer mit dieser etwas lauten Stimme:

»Du mußt erst mal zur Ruhe kommen, dann siehst du alles klarer. Mach dir keine Sorgen, hörst du? Alles wird gut.«

»Ich sehe keinen Weg.«

Er legte seinen Arm um ihre Schultern.

»Ich schon. Tanis hat uns da in etwas hineingeritten, also muß sie uns auch wieder herausholen. Ich werde sie mir heute abend vorknöpfen.« Wieder hob sich seine Stimme.

»Siehst du etwas? Da rechts, das ist der westliche Teil der Kirche.«

Die dunklen Schatten begannen langsam Gestalt anzunehmen: eine zerstörte Wand und ein Haufen umgestürzter Bäume. Careys Arm hielt sie fest, sie zitterte. Er legte seine Hand unter ihr Kinn, und seine Lippen trafen die ihren in einem langen Kuß.

Als er sie endlich losließ, flüsterte er ihr ins Ohr:

»Damit du es weißt: Ich befördere jeden ins Jenseits, der sich zwischen uns stellt. Du gehörst jetzt zu mir, vergiß es nicht.«

Im nächsten Augenblick hielt sie den Vorhang in der Hand, und sie standen wieder im Zimmer.

Laura war benommen und noch immer völlig durcheinander. Sie hatte das Gefühl, von einem reißenden Strudel weggerissen zu werden, über den sie keine Gewalt mehr hatte. Doch sie verspürte weder den Wunsch noch die Kraft zu widerstehen. Sie war erleichtert, als sie Petra entdeckte, die etwas abseits stand. Laura setzte ein Lächeln auf und steuerte entschlossen auf sie zu.

8

Carey Desborough ging geradewegs auf Tanis zu und sagte ohne Umschweife: »Kann ich dich einen Moment sprechen?«

Tanis stand gerade dicht neben Alistair vor dem Klavier. Sie warf Carey einen neugierigen Blick zu und erwiderte: »Ich wollte gerade ein Lied singen.«

Carey sagte nichts. Doch seine Augen funkelten ärgerlich und entschlossen.

Lachend warf sie schließlich hin: »Das Haus wird wohl nicht gleich einstürzen, wenn du ein wenig wartest.«

»Vielleicht doch. Komm mit – du kannst nachher singen.«

Carey zog sie mit sich hinaus. Alistair blickte ihnen finster nach. Agnes Fane lächelte zufrieden.

»Ein hübsches Paar, nicht wahr, Maud?«

Miß Silver hustete ein wenig.

»Sehr hübsch«, erwiderte sie kurz.

»Was willst du damit sagen?«

Miß Silvers Nadeln klapperten.

»Oh, nichts.«

»Maud!«

Miß Silver blickte ruhig auf.

»Nun, ich würde sie nicht gerade als Paar bezeichnen.«

»Und warum nicht?«

»Weil ich nicht die geringsten Anzeichen dafür sehe, daß sie ineinander verliebt sind.«

Miß Fane lächelte von oben herab.

»Vielleicht, meine liebe Maud, erlaubst du mir die Bemerkung, daß ich darüber ein wenig besser informiert bin als du.«

Auch Miß Silver lächelte.

»Das glaube ich nicht. Wünsche können leicht irreführen. Doch wir wollen das Thema wechseln. Meine Nichte Milly Rogers erwartet wieder ein Baby. Ich hatte Glück, daß ich diese hübsche rosa Wolle in Ledlington gefunden habe.«

Miß Fane warf ihr einen mißbilligenden Blick zu.

Tanis Lyle geleitete Carey in ihr hübsches kleines Wohnzimmer. Sie knipste die Stehlampe neben der Couch an, doch Carey ging zum Schalter neben der Tür, und plötzlich war der Raum in blendende Helligkeit getaucht. Tanis warf ihm einen Blick zu, als wollte sie etwas sagen, aber schließlich schwieg sie doch. Statt dessen breitete sie beide Arme weit aus und lächelte. Es war das Lächeln, das schon so viele Männer verzaubert hatte. Einst hatte es auch Carey gefangen, doch das war vorbei. Immer noch lächelnd sagte sie:

»Nun, Liebling – was ist? Willst du mich nicht küssen?«

Auch Carey lächelte. Er fühlte sich wunderbar frei. Laura hatte ihn endgültig befreit; er gestand es sich voller Glück ein. Er hatte für Tanis nicht mehr übrig als für Lucy Adams. Freundlich sagte er: »Ich möchte mit dir reden.«

Der Ausdruck in ihren Augen veränderte sich schlagartig. Sie ging hinüber zur Couch, lehnte sich zurück und erwiderte: »Ein wenig unverschämt, nicht wahr, mich auf diese Weise von den anderen wegzulocken? Was soll das alles? Ich dachte, du wolltest mich küssen und hieltest es vor Leidenschaft nicht länger aus. Offensichtlich ein Fehler von mir. Also, jetzt bist du an der Reihe.«

»Tanis, ich möchte mit dir reden.«

»Ja, das hast du bereits gesagt. Fang also endlich an.«

Er trat neben sie und blickte auf sie herunter, seine Augen blickten leicht belustigt.

»Oh, es wird dich sicher interessieren. Also, hör zu. Miß Fane steht offensichtlich unter dem Eindruck, daß wir heimlich verlobt sind.«

Sie schaute ihn an. »Und? Sind wir das etwa nicht, Liebling?« »Nein, Liebling, wir sind es nicht. Damals, als ich aus dem Krankenhaus kam, hast du mir das ein für allemal klargemacht.«

Sie schüttelte den Kopf. »Daran kann ich mich nicht erinnern.« Sie lachte. »Wer hat dir das von Tante Agnes erzählt – Laura?«

Carey wurde ärgerlich.

»Agnes hat ihr erzählt, wir seien verlobt.«

»Und sie hatte nichts Besseres zu tun, als es gleich weiterzuerzählen. Schnelle Arbeit, Carey. Und was habe ich damit zu tun? Habe ich etwas in dieser Richtung behauptet?«

»Du wirst Miß Fane sagen, daß wir nicht verlobt sind.«

»Wirklich?«

»Und daß wir nicht die Absicht haben, uns je zu verloben.«

»Wirklich?«

»Und daß wir nichts als gute Freunde sind.«

»Wirklich?« Ihre Augen blitzten plötzlich. »Ist das alles?«

»Ich glaube schon. Ich möchte, daß du es ihr sofort sagst. Wir befinden uns alle in einer mißlichen Lage.«

Tanis setzte sich aufrecht hin.

»Du willst damit sagen, daß Laura in einer mißlichen Lage ist. Das meinst du doch, oder?«

»Ich sagte, wir alle.«

»Aber du meinst Laura. Und, mein Lieber, mit Recht.« Sie lächelte kalt. »Wie perfekt, wie gut! Und ausgerechnet Laura – sie, der Eindringling, hat zwei sich liebende Herzen auseinandergebracht! Eine herrliche Situation, nicht wahr? Und was wohl die Tanten dazu sagen werden! Besonders Tante Agnes, wie?«

Carey schoß das Blut ins Gesicht. Er blieb einen Augenblick unbeweglich stehen und steckte dann seine Hände in die Taschen. Er schaute sie verächtlich an. Die Spannung zwischen ihnen war inzwischen fast unerträglich geworden. Er sagte jedoch nur:

»Paß auf, eines Tages wirst du noch einmal zu weit gehen.«

Tanis lächelte.

»Heißt das, daß du mich umbringen willst?«

»Es wäre mir ein Vergnügen.«

Jetzt endlich war Tanis getroffen. Ärger, Leidenschaft und Eifersucht stiegen in ihr hoch. Das Lächeln auf ihren Lippen erstarb.

Carey drehte sich auf dem Absatz um und ging zur Tür. Als er die Hand auf die Türklinke legte, wandte er sich noch einmal um und kam ein paar Schritte zurück.

»Tanis, was hat das alles für einen Sinn? Wir verlieren die Nerven und werfen uns schreckliche Dinge an den Kopf. Muß das sein? Wir haben doch auch schöne Zeiten zusammen erlebt, oder? Du willst mich doch im Grunde genausowenig heiraten wie ich dich, warum also dieser ganze Unsinn?«

Tanis hatte noch immer diesen starren Blick.

Dann kamen die Worte, langsam und glasklar. »Du hast Mut, Carey, nicht wahr – wenn es auch nicht mehr zum

Fliegen reicht.« Sie schwieg. Einen Augenblick lang herrschte tödliches Schweigen. Dann sagte er:

»Ich danke dir, Tanis, ich glaube, das genügt. Meinst du nicht auch?«

Diesmal ging er endgültig aus dem Zimmer und schloß die Tür.

9

Als später die Ereignisse an diesem Abend noch einmal rekonstruiert und genau untersucht wurden, stellte sich heraus, daß einige Dinge, die zuvor für niemanden von Bedeutung schienen, von großer Wichtigkeit geworden waren. So zum Beispiel die Tatsache, daß die Tür zwischen Tanis' Wohnzimmer und dem Erdgeschoßzimmer des achteckigen Turms vom Dienstmädchen achtlos geschlossen wurde, nachdem es drinnen die Vorhänge zugezogen hatte.

Sie hatten an dem Abend Musik gehört. Tanis hatte gesungen. Sie hatte eine schöne Stimme, die eigentlich bessere Musik verdient hätte als die schrille Tanzmusik.

Später verstreute sich die Gesellschaft. Miß Fane ging auf ihr Zimmer, und Laura entschuldigte sich damit, noch einen Brief schreiben zu müssen. Plötzlich klopfte es an der Tür, und Petra North schlüpfte ins Zimmer.

»Darf ich hereinkommen? Laura, denk dir nur, wer da ist! Aber du wirst es nicht erraten – nie im Leben – ich muß es dir erzählen!« Ihre grauen Augen strahlten. »Ich weiß nicht, ob du dabei warst, als wir von Jeff Hazelton sprachen. Tanis war doch früher einmal mit ihm verheiratet – nun, er ist hier!«

Laura, die grade dabei war, andere Strümpfe anzuziehen, verharrte in ihrer Bewegung.

»Was meinst du mit *hier*?«

Petra lehnte sich an den Bettpfosten.

»Sie sind geschieden, und mit hier meine ich natürlich nicht hier im Haus, sondern unten im Dorf.«

Laura zog den Strumpf vollends hoch.

»Was will er hier?«

»Er ist im ›Engel‹ abgestiegen.«

»Woher weißt du das?«

Petra richtete sich auf und drehte sich übermütig im Kreise.

»Also, rück schon heraus mit der Sprache, woher weißt du das?«

»Weil Robin es mir gesagt hat.«

»Und woher weiß es Robin?«

Petra ließ sich auf Lauras Bett fallen.

»Nachdem du nach oben gegangen warst, überredeten Carey und Robin Alistair zu einem Spaziergang. Sie gingen durchs Dorf und landeten schließlich im ›Engel‹. Und da entdeckten sie Jeff, der ziemlich betrunken war – das ist er öfter. Jeder weiß das. Er war bereits ganz schön in Fahrt und schwang große Reden, daß er draußen in der Kälte stehen müßte, während da oben in der Propstei rauschende Feste gefeiert würden, und er sei kein Außenseiter und so weiter. Robin meinte, er würde ihm in dem Zustand alles zutrauen. Hoffentlich!«

Laura schaute Petra erschrocken an.

»Oh, nein!«

Petra sprang lachend auf und äffte sie nach.

»Oh, nein, oh, nein! Oh, ja, oh, ja, ja, ja! Sei kein Spielverderber, Laura! Würdest du es nicht auch gerne sehen, daß Tanis ein wenig von ihrem Podest heruntersteigen müßte? Würdest du sie nicht auch einmal gern gedemütigt sehen? Möchtest du das nicht?«

»Ich hasse so was«, gab Laura zurück, »und du würdest auch kaum Spaß daran haben. Wir werden beide zu spät zum

Essen kommen, wenn wir uns jetzt nicht schnellstens umziehen.«

Sie kam gerade noch rechtzeitig, um Miß Fanes Einzug mitzuerleben. Die Tür zum Turmzimmer stand weit offen. Allein und ohne fremde Hilfe fuhr Agnes Fane in ihrem Rollstuhl heraus. Kurz vor dem Kamin steuerte sie ihn geschickt nach links, um an derselben Stelle Platz zu nehmen wie beim Tee. Hinter ihr kam kurz eine große dünne, ganz in Grau gekleidete Frau ins Zimmer, ging wieder hinaus und schloß die Tür hinter sich.

Laura kam ein wenig schüchtern näher.

Doch Miß Fane schien gnädig gestimmt zu sein.

»Morgen wird Tanis Ihnen das Haus zeigen. Bei Tageslicht ist alles besser zu sehen. Außerdem haben wir im Nordflügel einige Fremdarbeiterfamilien untergebracht. Hat Tanis Ihnen das nicht erzählt? Sie ist nicht sehr erbaut, daß sie hier sind, aber sie stören wirklich überhaupt nicht.«

In diesem Augenblick kamen die anderen ins Zimmer. Tanis in einem goldenen Hausmantel, Lucy Adams in einem schwarzen Satinkleid, das so aussah, als habe sie es seit Jahren nicht mehr ausgezogen, Miß Silver in braunem Samt, die drei Männer, ganz zum Schluß Petra ganz in Rot.

Nach dem Abendessen spielten Miß Fane und Miß Adams Schach, und Miß Silver strickte. Die übrigen unterhielten sich und machten Spiele mit Ausnahme von Alistair Maxwell, der schweigsam und schlechtgelaunt in einer Ecke saß und Tanis Lyle keinen Augenblick lang aus den Augen ließ. Petra redete wieder wie ein Wasserfall. Die Unterhaltung war in vollem Gange, als plötzlich die Tür aufging und Dean, der Butler, erschien. Er wollte offensichtlich Tanis ein Zeichen geben, doch er kam nicht mehr dazu, weil eine schwankende Gestalt ihn beiseite schob. Es war ein großer Mann mit langen ungepflegten Haaren, dem der Schweiß auf der Stirn stand. Es war Jeffrey Hazelton!

Als er Tanis erblickte, machte er einen unsicheren Schritt nach vorn, doch Tanis war schon auf ihn zugestürzt und begrüßte ihn. »Guten Tag, Jeff.« Sie umfaßte mit ihrer Hand Hazeltons zitternden Arm, zog ihn hinter sich zur Tür hinaus, und schon waren die beiden allen neugierigen Blicken entschwunden. Außer Miß Silver, die direkt neben der Tür saß, hatte wohl niemand Mr. Hazeltons Zustand richtig erkannt. Miß Silver strickte zwar weiter, doch ihre Augen blieben auf die Tür geheftet.

Petra rief atemlos: »Das war Jeff Hazelton!« Plötzlich ertönte aus der Halle ein lauter Knall. Es war das Geräusch eines Schusses, und es klirrte, als ob Glas zerbrochen wäre. Lucy Adams stieß einen schrillen Schrei aus. Miß Silver ließ ihr Strickzeug fallen und stürzte zur Tür.

Die Halle war hell erleuchtet. Es roch nach Rauch. Unter der Decke schwebte eine bläuliche Rauchfahne. Einer der Kristalleuchter fehlte, auf dem Parkettboden lagen die Überreste. Man sah Tanis vor der linken Treppe stehen. Jeffrey Hazelton torkelte, in der Hand hielt er eine Pistole.

»Hab' ja gesagt, ich würd's tun – und hab's getan – na? Soll wer sagen, ich könnt' nicht zielen?« Er hob die Hand mit der Pistole und fuchtelte noch eine Weile damit in der Luft herum, ehe er, Tanis im Visier, innehielt: »Ich erschieß' dich, bevor ... dich jemand anders bekommt. Scheidung? Pah! Du bist mein Weib! Jeder, der was anderes behauptet – wird erschossen – mit dem größten Vergnügen.«

Alistair Maxwell machte einen Sprung nach vorn, doch Carey und sein Bruder Robin rissen ihn zurück.

Tanis sagte mit ihrer süßesten Stimme: »Sei kein Idiot, Alistair!« Sie machte einen Schritt in Richtung Treppe. »Und du sei auch kein Idiot, Jeff. Wir wissen alle, daß du ein Meisterschütze bist. Ich dachte, du wolltest mit mir reden. Also gut, aber ich rede nicht mit jemandem, der mit einem Schießeisen herumspielt – so was liebe ich nicht.«

Sie befand sich in seiner Reichweite, als er die Waffe fallen ließ und sie an den Schultern packte. Schwankend lehnte er sich gegen das Treppengeländer, bückte sich, hob die Pistole wieder auf und drückte ihr die Mündung gegen die Brust. Sechs Menschen beobachteten ihn dabei. Drei davon waren junge, starke Männer, aber sie konnten in diesem Augenblick nicht helfen. Im Gegenteil: Eine Bewegung, ein Schrei konnten zur Katastrophe werden. Die zitternden Finger befanden sich am Abzug, aber wehe, wenn sie ausrutschten. Selbst Alistair, der blind vor Leidenschaft war, wußte das.

Tanis blickte auf und sah ihm fest in die Augen.

»Also, Jeff! Willst du nicht mit mir reden?« Sie lächelte ein wenig und legte ihre Hand auf die seine. Mit liebkosenden Bewegungen näherten sich ihre Finger der Pistole. Und ganz plötzlich veränderte sich der Klang ihrer Stimme, und sie sagte: »Jeff, Liebling, wie dumm von dir!« In diesem Augenblick konnte er nicht mehr. Seine Hand wurde kraftlos, die Pistole fiel zu Boden. Er legte seinen Kopf auf ihre Schulter und fing an bitterlich zu schluchzen.

»Tanis, Tanis, Tanis!«

Und dann waren die anderen bei ihm. Er leistete nicht den geringsten Widerstand. Er war völlig gebrochen und wiederholte nur immer wieder schluchzend Tanis' Namen.

Carey bückte sich, um die Pistole aufzuheben. Als er sich aufrichtete, stand er unmittelbar vor Tanis, die auf der untersten Treppenstufe stand und ihn triumphierend anschaute. Ihre grünen Augen glitzerten. Nie zuvor war sie so wunderschön gewesen. Sie hatte wieder einmal Gelegenheit gehabt zu glänzen, und sie kostete ihren Triumph weidlich aus. Der völlig geschlagene Hazelton wurde von Robin zurück in den ›Engel‹ gebracht. Die anderen gingen wieder in den Salon, und Tanis war der Held des Tages. Lucy Adams war fast hysterisch, Alistair des Lobes voll. Agnes Fane wirkte ernst und gefaßt, aber man sah ihr an, wie stolz sie war.

Sie wandte sich jetzt an Tanis, die Carey die Pistole aus der Hand genommen hatte und mit ihr herumspielte.

»Tanis, bring das Ding weg! Wir haben heute schon genug Ärger damit gehabt. Außerdem denke ich, daß es wohl Mr. Hazeltons Eigentum ist, obwohl er sicher noch nicht in der Lage ist, sie an sich zu nehmen. Wir wollen sie lieber wegschließen.«

Tanis sagte: »Sie gehört mir.«

»Wie bitte?«

»Er hatte zwei. Diese hier gehört mir. Er hat sie mir gegeben.«

Miß Fane schaute sie vorwurfsvoll an.

»Was für ein ausgefallenes Geschenk! Du willst damit doch nicht sagen, daß Mr. Hazelton die andere noch bei sich hat?«

Tanis lachte.

»Ich würde sogar sagen, mit Sicherheit ja.«

»Das ist ja lebensgefährlich!«

»Oh, er wird nichts mehr unternehmen – er ist wieder bei Verstand. Schon gut, Tante Agnes, ich werde sie wegbringen.« Sie verließ das Zimmer.

Laura dachte: Sie ist sehr, sehr tapfer. Ich sollte sie bewundern, aber ich kann es nicht. Diese arme Kreatur war einmal ihr Mann, und sie hat nicht das geringste Mitleid mit ihm – nicht das allergeringste.

Und dann war Tanis wieder da, und Agnes Fane fragte mit ihrer tiefen Stimme:

»Was hast du mit der Pistole gemacht?«

»Sie in meinen Schreibtisch getan, Tante Agnes.«

10

Laura kleidete sich aus und legte sich ins Bett. Sie war erschöpft von dem langen ereignisreichen Tag. Sie wollte gerade ihre Hand ausstrecken und die Nachttischlampe ausknipsen, als es kurz an der Tür klopfte und Tanis Lyle ins Zimmer kam. Mit einem kurzen »Ich dachte, du würdest noch nicht schlafen« ging sie zum Fußende des Bettes und blieb dort in ihrem schwarzen Morgenmantel und dem hellgrünen Pyjama stehen.

Laura fragte: »Was ist los, Tanis?«

»Ich möchte mit dir reden«, erwiderte Tanis. »Es sind immer so viele Leute um uns herum, und ich muß mit dir über Tante Agnes und das Haus sprechen. Sie möchte es unter allen Umständen kaufen – aber das weißt du ja.«

Laura setzte sich in ihrem Bett auf. »Ja, ich weiß, daß sie es kaufen möchte – aber ich glaube, es hat keinen Zweck, darüber zu reden, weil ich mich noch nicht entschieden habe. Ich bin noch zu keinem Entschluß gekommen.«

»Du mußt dich erst noch mit jemandem besprechen, mit Carey Desborough zum Beispiel.«

Nein, lange Umschweife machte Tanis nicht, das konnte man wirklich nicht behaupten. Laura sah sie ruhig an und erwiderte nur: »Warum sagst du das?«

»Es stimmt doch, oder?«

»Warum glaubst du das, Tanis?«

Tanis lachte.

»Du brauchst dich nicht zu schämen, meine Liebe. Ja, im Augenblick ist er in dich verliebt, aber lange wird es nicht dauern.«

Tanis wippte mit ihrem nackten Fuß auf und ab.

»Also, kommen wir zur Sache. Wie gesagt, Carey hat dir sicher schon eine Liebeserklärung gemacht, aber ich vermute, daß er dir noch nicht erzählt hat, daß er ein ziemlich großes Vermögen besitzt. Der alte Desborough war in der Eisen- und Stahlbranche tätig. Sie schwammen im Geld, und ich glaube, sie haben immer noch mehr als genug. Tja, unser Carey ist ein guter Fang. Aber, wie gesagt, er hat bestimmt noch nichts Derartiges erwähnt.«

Laura entgegnete: »Nein.« Tanis' Unterstellung war deutlich.

»Ja, du sollst ihn wohl um seiner selbst willen lieben. Wie romantisch! Und wie schade, daß er mit mir verlobt ist!«

Laura sagte nichts. Doch ihre Augen sprachen Bände. Tanis lachte. »Meine Liebe, glaubst du ihm wirklich jedes Wort? Aber das ist ja auch egal. Wenn ich jedenfalls sage, daß wir verlobt sind, glaubt mir das jeder, allen voran die Tanten. Und wenn Carey aussteigt, wird es ganz schrecklichen Ärger geben, und du, meine Liebe, wirst buchstäblich in Fetzen zerrissen. Ich glaube nicht, daß du dumm bist, also wirst du sicherlich verstehen, warum. Du kommst als Eindringling hierher, läßt meine Verlobung platzen – so wie deine Mutter die von Tante Agnes – und erwartest dann noch, daß dich die Leute mit offenen Armen aufnehmen. Nein, meine Liebe, so geht das nicht. Und sag' hinterher nur nicht, ich hätte dich nicht gewarnt!«

»Tanis!«

Tanis bückte sich und zog sich ihren Schuh wieder an. Mit einem Lächeln auf den Lippen sah sie Laura an.

»Nun platze nicht gleich. Es gibt ja noch andere Möglichkeiten – sofern du einverstanden bist.«

Einen Augenblick lang war Laura so wütend wie nie zuvor in ihrem Leben. Aber plötzlich verstand sie. Sie hat das alles absichtlich inszeniert – sie wollte mich wütend machen, dachte sie. Aber warum? Die Antwort war naheliegend. Weil man nicht mehr denken kann, wenn man wütend ist. Sie führt irgend etwas im Schilde. Sie will nicht, daß ich Zeit zum Überlegen habe. Sie sagte:

»Ich weiß nicht, was du meinst.«

Tanis nickte.

»Noch nicht. Aber du wirst es bald wissen – ich werde es dir sagen. Du und Carey, ihr seid in der Klemme, und ich bin die einzige, die euch herausholen kann. Ich will ein Geschäft mit euch machen. Ihr braucht meine Hilfe. Wenn ich zu den Tanten gehe und ihnen sage, Carey und ich hätten schon vor Monaten beschlossen, nicht zu heiraten, würde es nicht den geringsten Ärger geben. Sie hören es zwar nicht gerne, aber sie werden es schlucken. Nun, ich bin dazu bereit, wenn du etwas für mich tust.«

Laura überlegte krampfhaft. Was kam jetzt? Was hatte Tanis vor?

»Willst du gar nicht wissen, was ich von dir will? Nun, es geht um das Haus hier. Du kannst Carey haben, wenn ...«

»Wenn ich die Propstei an Agnes verkaufe.«

Tanis lehnte sich zurück. Sie lächelte. Von oben herab und ein wenig gönnerhaft sagte sie:

»O nein, meine Liebe, ganz im Gegenteil. Du kannst Carey haben, wenn du versprichst, *nicht* zu verkaufen.«

Das kam so unerwartet, daß Lauras Ärger plötzlich verflogen war. Sie war so erstaunt, daß sie nur ein nicht sehr geistreiches »Was?« herausbrachte.

Tanis lächelte zufrieden.

»Ich möchte nicht, daß Tante Agnes die Propstei kauft. Ich möchte viel lieber die zwölftausend Pfund, die sie dir dafür bezahlen will.«

Laura sagte nur: »Oh!« Ihr Verstand arbeitete fieberhaft weiter. Sollte Tanis ruhig weiterreden. Lauras Schweigen brachte Tanis offensichtlich ein wenig aus der Fassung.

»Nun?« fragte sie schließlich ein wenig scharf. »Ist das ein Handel?«

Laura schüttelte den Kopf.

»Ich möchte wissen, warum.«

Tanis lachte.

»Karten auf den Tisch? Also gut – soll mir auch recht sein. Wenn ich auch meine, daß die Sache ziemlich klar ist. Die Tanten wollen, daß ich seßhaft werde. Sie möchten dieses Gör hierherbringen und es in der Propstei aufziehen ...«

Laura fragte: »Welches Gör?«

»Sag nur, du wußtest nicht, daß Jeff und ich eins produziert haben. Verfluchtes Pech, nicht wahr? Aber, wie dem auch sei, es ist nun einmal da. Jeffs Schwester, die mit einem schrecklichen Pfarrer verheiratet ist, hat es bei sich. Ich habe es das letztemal gesehen, als es einen Monat alt war, aber Tante Agnes ist mit ihnen in Verbindung. Sie wird immer verrückter nach dem verflixten Gör – deswegen will sie auch unbedingt, daß ich Carey heirate. Und wenn sie erst die Propstei gekauft hat, wird sie nicht ruhen, bis Bill hier ist und ich verheiratet bin. Du weißt ja nicht, wie sie sein kann, wenn sie sich etwas in den Kopf gesetzt hat. Aber mir paßt das nicht. Blöderweise hat sie mich in der Hand. Wegen des Geldes, sie weiß genau, daß ich es nie riskieren würde, von ihr enterbt zu werden.«

Laura blickte sie unentwegt an. Ihre Ruhe brachte Tanis in Wut. Am liebsten hätte sie Laura geohrfeigt, aber sie beherrschte sich und sagte schließlich nur:

»Also, das wär's – wenn sie das Haus nicht haben kann, wird sie nicht mehr darauf bestehen, daß ich heirate und das Gör hierherhole. Was meinst du dazu?«

Selbst jetzt antwortete Laura nicht sofort. Sie blickte gedankenvoll vor sich hin. Schließlich murmelte sie:

»Tanis, das gefällt mir nicht.«

»Was soll das heißen?«

»Mir gefällt die ganze Sache nicht – ich möchte nicht hinter Tante Agnes' Rücken etwas machen. Es gefällt mir nicht.«

Tanis stand auf. Ihre Bewegungen waren hoheitsvoll wie immer, aber doch etwas zu schnell, stellte Laura fest. Sie meinte abschließend:

»Ganz schön eigensinnig bist du. Überdenke die Sache noch einmal. Wenn du verkaufst, bekommst du zwar zwölftausend Pfund, aber nicht Carey – es sei denn, du nimmst ihn mir weg und trägst die Konsequenzen wie deine Mutter. Wenn du nicht verkaufst, können selbst die Tanten nicht viel machen, denn schließlich gehört das verflixte Haus immer noch dir, und ich bringe die Geschichte mit Carey in Ordnung. Schlaf noch mal darüber. Ich gehe jetzt ins Bett.«

Laura lag noch lange wach. Es stürmte draußen, und die Fensterläden ächzten.

11

Am nächsten Morgen zeigte Tanis Laura das Haus. Laura war von dem Rundgang kaum wieder zurück, als Carey auftauchte und sagte, sie solle sich den Mantel überziehen und mit ihm hinausgehen. »Komm, ich zeig' dir die alten Ruinen.« Als er sah, daß sie ein wenig zögerte, sagte er leise: »Ich muß unbedingt mit dir sprechen.« Also stürmte Laura hinauf in ihr Zimmer, um den Mantel zu holen, und lief dabei vor ihrem Zimmer geradewegs Miß Adams in die Arme. Miß Adams stürzte sich regelrecht auf sie.

»Tanis hat Ihnen das Haus gezeigt, nicht wahr?«

Laura bejahte, und schon redete Lucy Adams weiter.

»Es ist ein schönes Haus, aber natürlich auch nicht gerade billig, besonders heutzutage. Ja, es ist sehr teuer, in der Tat sehr teuer. Und Dienstpersonal ist auf dem Lande so schwierig zu bekommen. Dies ist mein Zimmer. Sie haben es sicher noch nicht gesehen. Ich werde es Ihnen zeigen.«

Und bevor Laura es sich versah, stand sie in einem Zimmer, das ganz in Rosa gehalten war. Die Möbel waren schwer und dunkel, die Tapeten mit riesigen Blumen gemustert. An der Wand hingen Fotos über Fotos, die meisten zeigten Tanis.

Laura trat angewidert einen Schritt zurück. Der Raum war fürchterlich. Sie murmelte etwas Unverständliches vor sich hin, aber schon wurde sie von Miß Adams durch eine Tür ins nächste Zimmer gezogen. Die große, dünne Frau, die sie am Abend zuvor gesehen hatte, blickte von ihrer Stopfarbeit auf. Sie hatte eine lange Nase und blasse schmale Lippen.

»Das ist Perry, das Dienstmädchen von Agnes. Sie ist seit vierzig Jahren bei uns.«

»Einundvierzig, Miß Lucy.«

Laura dachte an Carey, der unten auf sie wartete.

Doch Miß Adams ging bereits weiter zur nächsten Tür.

»Agnes ist gerade unten, das hier ist ihr Zimmer.«

Laura widerstrebte es zutiefst, hineinzugehen. Sie zögerte und wollte etwas sagen, doch sie wurde einfach weitergeschoben. »Aber, Laura! Ich werde doch wohl wissen, ob Agnes etwas dagegen hat. Da können Sie ganz beruhigt sein. Agnes hat mich sogar gebeten, Ihnen ihr Zimmer zu zeigen.«

Laura wurde ein wenig rot und folgte Miß Adams. Als erstes stachen ihr die Porträts ins Auge. Es waren wunderschöne Bilder. Lilian Ferrers und Oliver Fane. Laura war seltsam berührt. Warum waren die Bilder hier? War es Mut, Stolz oder die stoische Duldsamkeit eines gequälten Herzens? Zweiundzwanzig Jahre lang mußten die Bilder nun schon hier über dem Kaminsims hängen. Und Agnes Fane sah sie tagtäglich. Wie hatte Agnes es nur ertragen können, sich die Bilder zweiundzwanzig Jahre lang anzuschauen?

Lucy Adams' Stimme störte unbarmherzig ihre Gedankengänge.

»Das sind wertvolle Bilder, aber ich mache mir nichts aus Ölgemälden im Schlafzimmer. Sie sind natürlich Agnes' Eigentum. Sie gehören nicht zum Haus. Es wäre übrigens sehr zu Ihrem Vorteil, wenn Sie Agnes' großzügiges Angebot annehmen würden. Ich hoffe, Sie tun es!«

»Ich weiß nicht – ich glaube nicht – bitte, Tante Lucy, müssen wir darüber reden?«

Sobald sie konnte, verabschiedete sich Laura.

Carey wartete schon ungeduldig.

»Du warst ja Stunden weg!«

»Lucy hat mich aufgehalten.«

Er zog sie hinter sich her in das achteckige Zimmer und die Treppe zur Kirchenruine hinunter. Überall lagen Mauerreste herum, nur in der Mitte, wo sich das Kirchenschiff befunden haben mußte, war ein freies, mit Gras bewachsenes Stück.

»Laura, wann heiraten wir?« Sie schaute ihn an und senkte ihren Blick. Irgend etwas in seiner Stimme rührte sie. Sie sagte:

»Du kennst mich ja noch gar nicht.«

»Ich liebe dich.«

»Aber du weißt nicht, wie ich bin, Carey.«

»Glaubst du das wirklich? Was ich weiß, ist gar nicht wenig. Soll ich dir sagen, was ich bereits nach einer halben Stunde im ›Luxe‹ herausgefunden hatte? Daß du freundlich, ehrlich, ja, schrecklich ehrlich sogar, bist. Und daß du sehr, sehr lieb sein kannst, und ich fragte mich, ob du auch zu mir so lieb sein würdest. Ich wußte, daß du nie im Leben eine Lüge über die Lippen bringen würdest. Du hast nicht viel gesprochen, dafür aber um so mehr gedacht. Die Dinge, die du gedacht hast, haben sich in deinem Gesicht und in deinen Augen widergespiegelt. Wann wirst du mich heiraten?«

Ihre Antwort war ziemlich nüchtern: »Ich weiß nicht.« Und dann: »Tanis war gestern abend bei mir. Sie sagte, sie würde Agnes erzählen, daß sie nicht mit dir verlobt und es nie gewesen ist, wenn ich verspreche, das Haus nicht zu verkaufen.«

Carey pfiff durch die Zähne. »Es nicht zu verkaufen?«

Laura nickte. »Sie will es nicht. Sie will nicht dort leben. Sie möchte lieber die zwölftausend Pfund haben. Ja, das hat sie gesagt.«

»Was genau hat sie gesagt?«

Laura berichtete ihm. Als sie fertig war, sagte er:

»Tja, das überrascht mich nicht allzu sehr. Ich kann sie eigentlich sogar verstehen.«

Laura machte ein unglückliches Gesicht.

»Ich weiß nicht, was ich tun soll. Ich bring' es einfach nicht fertig, hinter Agnes' Rücken so etwas zu machen.«

»Ja – das verstehe ich. Aber niemand wird Tanis zwingen, hier zu wohnen. Sie würde das Haus sowieso verkaufen, sobald Miß Fane nicht mehr ist.«

Laura sagte: »Ich weiß wirklich nicht, was richtig ist. Ich wünschte, ich wäre nie hergekommen.«

12

Als Laura das Zimmer verlassen hatte, blieb Lucy Adams noch ein wenig versonnen im Schlafzimmer ihrer Kusine stehen. Dann warf sie einen prüfenden Blick auf die Porträts, als plötzlich die Tür zum Ankleidezimmer aufging und Perry hereinkam. Sie ging zu Lucy Adams hin und flüsterte ihr zu:

»Was habe ich Ihnen gesagt, Miß Lucy? Sie waren der Meinung, sie sei weder eine Ferrers noch eine Fane und würde das Haus gern verkaufen. Und was habe ich gesagt? Sie wird nicht verkaufen, und Sie machen sich am besten mit diesem Gedanken vertraut.«

»Sie hat nicht gesagt, sie würde nicht verkaufen«, sagte Lucy Adams etwas unsicher.

Perry runzelte die Stirn.

»Es gibt einfach Dinge, die nicht ausgesprochen werden müssen und man weiß doch, was los ist. Sie hat nicht gesagt, sie würde nicht verkaufen! Müssen wir darüber sprechen, Tante Lucy, hat sie gesagt. Ja, so war es, ich habe es genau gehört.«

Etwa zehn Minuten später, als Miß Adams in ihr eigenes Schlafzimmer zurückgekehrt war, klopfte es leise an ihre Tür. Perry erschien mit einem Ausdruck des Triumphes auf dem Gesicht.

»Darf ich stören, Miß Lucy ...?«

Lucy Adams war erschrocken und verstört. Sie hatte es nicht gern, wenn man sie derart überfiel. Und Perry hatte Augen wie ein Habicht.

»Was ist los, Perry?«

»Da können Sie wohl fragen! Wenn Sie gesehen hätten, was ich gesehen habe! Als Miß Agnes mir damals sagte, sie wolle Miß Laura bitten, hierherzukommen, sagte ich zu ihr: ›Miß Agnes‹, sagte ich, ›wer hat Unheil über dieses Haus gebracht – Miß Lilian Ferrers. Und wenn Sie Miß Lilian Ferrers' Tochter herbitten, dann, das glaube ich mit Sicherheit, beschwören Sie das Unheil wieder herauf.‹«

»Was ist nun eigentlich los, Perry, Sie haben mich wirklich sehr erschreckt.«

Perry blieb neben der Tür stehen.

»Kommen Sie mit, Miß Lucy, Sie werden selbst sehen. Gehen Sie ins Turmzimmer ...«

Als sie dort waren, deutete Perry auf das Fenster.

»Schauen Sie nur, Miß Lucy!«

Lucy Adams ging zum Fenster hinüber und schaute hinaus. Zunächst sah sie nichts Ungewöhnliches. Die Kirche sah so aus wie immer, doch dann entdeckte sie Carey Desborough und Laura Fane. Sie sprachen kein Wort. Sie standen noch nicht einmal sehr dicht nebeneinander. Doch sie schauten sich an. Und wenn sie sich noch so innig umarmt hätten, wäre ihre Liebe nicht deutlicher gewesen als in diesem Augenblick. Man fühlte es, alles lag in dem Blick, mit dem sie sich ansahen:

Zärtlichkeit, Vertrauen, Leidenschaft, Freude, Hoffnung. Hier bedurfte es keiner Worte, keiner Berührung, keines Kusses.

Perry sagte mit jenem Anflug von bitterem Triumph:

»Jetzt sehen Sie es selbst, Miß Lucy. Miß Lilian wie sie leibt und lebt.« Ein Geräusch ließ sie verstummen. Sie drehte sich um und trat einen Schritt zurück. Lucy Adams wandte sich ebenfalls schnell um, wie ein Kind, das bei etwas Unerlaubtem ertappt worden ist.

Das Geräusch kam vom Lift. Die Tür ging auf. Agnes Fanes Fahrstuhl wurde sichtbar. Sie fuhr direkt auf das Fenster zu, ohne ihre Kusine noch ihr Dienstmädchen eines Blickes zu würdigen. Mit unbewegtem Gesicht und aufrecht wie immer saß sie da und sah, was die anderen bereits gesehen hatten. Agnes Fane warf nun einen kurzen Blick hinunter, ihr Gesicht verriet keinerlei Regung. Sie schaute die beiden wortlos an, drehte ihren Stuhl um und fuhr durch die offene Tür hinaus.

13

Am späten Nachmittag, als es bereits zu dämmern begann, schlüpfte Laura hinaus in den Garten. Die frische kühle Luft hatte sie angelockt, und sie wollte einmal ganz allein sein, hier an diesem Ort, der so vielen Fanes gehört hatte – und jetzt ihr. Sie hatte einfach noch keine Beziehung zu diesem Haus. Es war erfüllt von fremden Menschen, an deren Gedanken sie keinen Anteil hatte. Doch hier im Garten war es anders. Hier konnte jeder ungestört seinen Träumen nachgehen.

In Gedanken versunken schritt sie über einen verschlungenen und zugewachsenen Pfad, als plötzlich Stimmen ertönten. Es hörte sich an, als ob ein männliches Wesen bitterlich weinte, und dann hörte sie Petra sprechen, mit einer Stimme voller Zärtlichkeit:

»Oh, mein Liebling – liebst du sie so sehr?«

Einen Augenblick war Laura erschrocken, und sie blieb bewegungslos stehen. Sie konnte Petra nicht sehen. Sie vermutete, daß sie und Alistair irgendwo hinter den Büschen waren. Sie glaubten sich offensichtlich allein. Laura wollte schon weitergehen, als sie Alistair plötzlich laut aufschreien hörte:

»Manchmal glaube ich, ich hasse sie!«

Laura hielt sich die Ohren zu und rannte atemlos den Pfad zurück zum Haus.

Sie war gerade dabei, sich zum Abendessen umzuziehen, als es an ihre Tür klopfte und Petra hereinkam.

»Warst du es?« fragte sie ohne lange Vorreden. »Draußen im Garten – kurz vor dem Tee?«

Am Nachmittag war sie noch fröhlich und lebhaft gewesen, doch jetzt sah sie bleich und entschlossen aus.

Laura sagte: »Ja.« Petras Gesicht entspannte sich ein wenig.

»Ich dachte es mir, aber ich war nicht ganz sicher. Ich glaube nicht, daß jemand anders weggerannt wäre. Was hast du gehört?«

Laura antwortete einfach:

»Ich habe gehört, wie du Alistair gefragt hast, ob er sie so sehr liebe, und ich hörte, wie er sagte, daß er sie manchmal hasse. Dann hielt ich mir die Ohren zu und rannte weg. Es tut mir schrecklich leid, Petra, ich wollte nicht lauschen.«

Petra lächelte. Es war jedoch nur wie ein kurzes Aufleuchten; sofort war sie wieder ernst.

»Bei dir macht es mir nichts aus. Es ist besser, wenn jemand darüber Bescheid weiß.«

Laura zögerte ein wenig. Dann sagte sie langsam:

»Möchtest du darüber sprechen?«

Petra nickte.

Laura wollte noch etwas sagen, doch dann schwieg sie.

Aber Petra meinte:

»Los – sag es!«

»Alistair – nun, er sagte, er hasse sie manchmal. Dabei betont er doch immer und immer wieder, wie großartig sie ist.«

Petra stieg das Blut in den Kopf – ihre Augen blitzten.

»Aber verstehst du das denn nicht? Er muß sie wundervoll finden, sonst ist er verloren. Ich bin ihm nicht gleichgültig – er will mich nicht verletzen – er weiß, daß er sich nicht richtig verhält. Es tut ihm fürchterlich leid. Deswegen muß er sie großartig und wundervoll finden, sonst bleibt ja nichts mehr übrig. Und manchmal fällt es ihm schwer, und dann bin ich da für ihn – ich muß einfach. Nicht weil ich ihn halten will – es ist um seinetwillen. Tanis verzaubert die Männer irgendwie – sie werden verrückt – irgend etwas stimmt nicht mehr bei ihnen.« Petra war wieder ganz blaß, sie sprach jetzt leise und schnell. »Laura, manchmal habe ich Angst, daß er etwas tun könnte . . .« Die letzten Worte waren fast nicht mehr zu verstehen. Dann warf sie Laura plötzlich die Arme um den Hals und gab ihr einen Kuß auf die Wange.

»Du bist nett!« sagte sie und lief zur Tür.

14

Die beiden Mädchen gingen gemeinsam nach unten.

»Weißt du, daß die Madisons kommen?« fragte Petra Laura.

»Ja, Tanis hat es mir gesagt.«

Petras Stimme wurde ein wenig schärfer.

»Hat sie dir auch erzählt, daß sie ihre Ehe ruiniert und daß Sylvia krank ist vor Eifersucht, das arme Kind?«

»Nein«

Die Madisons kamen kurz darauf. Sie kannten die Maxwells und Carey Desborough offensichtlich sehr gut.

Laura war die einzige Fremde. Tim Madison war ein vierschrötiger Mann mit blauen Augen und flammend roten Haaren. Er sah nicht annähernd so gut aus wie Alistair Maxwell, und doch hatte er etwas an sich, es ging eine undefinierbare Ausstrahlung von ihm aus. Die kleine Sylvia wirkte neben ihm recht blaß. Sie war noch sehr jung, und jeder sah ihr an, daß sie todunglücklich war. Sie war ein zerbrechliches Geschöpf mit blonden Haaren. Wäre sie nicht so unglücklich gewesen, hätte sie direkt hübsch aussehen können. Tanis Lyle betrat das Zimmer. Sie trug wieder ein atemberaubendes Kleid.

Lächelnd ging sie den Madisons entgegen, berührte leicht Sylvias Schulter und beugte sich hinunter, um ihr einen Kuß auf die Wange zu hauchen.

Als Tanis und Tim Madison sich begrüßten, spürte Laura förmlich den Funken, der zwischen ihnen übersprang. Sie hatte das Bedürfnis, irgend etwas zu sagen oder zu tun. Doch in diesem Augenblick kam Lucy Adams ins Zimmer. Damit war die Spannung gebrochen.

»Wie geht es dir, Sylvia? Nicht sehr gut? Du siehst schrecklich blaß aus. Du solltest mehr Milch trinken und früh ins Bett gehen. Du machst wirklich einen ganz erschöpften Eindruck. Mr. Madison, Sie sollten sich ein wenig mehr um Ihre Frau kümmern, nicht wahr, Tanis?«

Der Gong ertönte bereits in der Halle, als Miß Silver ruhig und ohne Eile mit ihrem Strickkorb in der Hand das Zimmer betrat.

Nach dem Abendessen wurden die Teppiche im Salon aufgerollt, und es wurde getanzt. Tanis legte die neuesten Schallplatten auf. Laura tanzte mit Carey. Sie dachte daran, daß sie morgen nicht mehr hier sein würde. Während sie bisher die Stunden bis zu ihrer Abfahrt gezählt hatte, wünschte sie jetzt, da sie in Careys Armen lag, die Zeit stünde still. Sie sagte ein wenig atemlos:

»Morgen werde ich zu Sophy zurückfahren.«

»Ich fahre dich hin.«

»Lieber nicht.«

»Dann nehmen wir eben Petra mit.«

Laura nickte.

»Das würde gehen.«

Tanis tanzte mit Tim Madison. Drei Tänze hintereinander, dann einen mit Carey, und dann wieder mit Tim Madison. Carey, der gerade mit Sylvia tanzte, sah, daß Miß Fane von ihrem Schachbrett aufblickte und die Stirn runzelte. Miß Silver strickte. Alistair und Petra waren verschwunden. Laura tanzte mit Robin. Er gefiel ihr.

Sylvia fing schließlich an zu reden:

»Ich wollte nicht kommen. Aber er bestand darauf.«

»Möchtest du nicht mehr tanzen? Wir können uns auch irgendwo hinsetzen, wenn du möchtest.«

Sie schüttelte müde den Kopf.

»Das nützt nichts – ich sehe die beiden trotzdem. Manchmal meine ich, ich müßte verrückt werden. In Gedanken höre ich sie sprechen, ja, ich sehe sie sogar vor mir, obwohl ich ganz allein bin.«

Sie tat Carey schrecklich leid. Er sagte freundlich zu ihr:

»Das dauert nicht lange – bald ist alles vorüber. Halt durch. Sie will ihn doch gar nicht.«

Sie bewegten sich im Rhythmus des Tanzes. Ihre nächsten Worte kamen nur flüsternd heraus.

»Er kommt heute nacht her – er trifft sich mit ihr . . .«

»Unsinn!«

»Nein – es ist wahr. Letzte Nacht klappte es nicht, weil ich nicht früh genug ins Bett ging. Er sagte zwar, ich sollte gehen, aber ich wollte nicht. Wir hatten einen schrecklichen Krach.

Deswegen bin ich auch so müde. Ich komme fast um. Ich halte das einfach nicht mehr aus.«

»Mein liebes Kind, beruhige dich. Er soll dich früh nach Hause bringen. Trink eine Tasse heiße Milch, danach wirst du schlafen wie ein Murmeltier.«

Sylvia flüsterte leise:

»Wir wollen nicht mehr darüber reden. Wechseln wir das Thema. Tim schaut zu uns herüber. Ich möchte nicht, daß er böse wird.«

Carey erzählte ihr ein wenig von Laura.

»Das Haus gehört ihr, aber ich glaube nicht, daß sie einmal herziehen möchte. Es ist ihr zu groß. Laura ...«

Seine Stimme veränderte sich bei ihrem Namen, und Sylvia fragte ihn:

»Laura ... Liebt ihr euch?«

Sein Gesicht wurde weich; er nickte lächelnd.

»Geheimnis! Red mit niemandem darüber.«

Sie blickte zu ihm auf, in ihren blauen Augen standen plötzlich Tränen.

»Du bist noch einmal davongekommen. Da kannst du froh sein.«

Kurz darauf kam Alistair allein ins Zimmer. Man sah ihm an, daß er Qualen litt. Selbst Laura merkte, daß er getrunken hatte. Er war totenblaß. Er ging geradewegs auf Tanis zu, die bei Tim Madison stand, und sagte so laut, daß es jedermann hören konnte:

»Wann tanzt du mit mir?«

Sie schenkte ihm nur einen flüchtigen Blick.

»Du hast mich bis jetzt nicht danach gefragt.«

Er rief: »Das ist eine Lüge!« Und dann: »Dann frage ich dich jetzt.«

Ihre Finger schlossen sich um Tim Madisons Handgelenk. Dann sagte sie einfach: »Nein.« Und mit ihrem süßesten Lächeln fügte sie hinzu:

»Nein. Danke, Liebling.«

Einen Augenblick lang war die Spannung fast unerträglich. Keiner wußte, was kommen würde.

Doch der Augenblick ging vorüber. Alistair drehte sich um und ging schwankend aus dem Zimmer. Die Tür schloß sich hinter ihm. Laura konnte gerade noch Petra draußen stehen sehen.

Als Robin Maxwell eine andere Platte auflegte, winkte Miß Fane Carey Desborough zu sich. Als er neben ihr stand, sagte sie mit leiser Stimme:

»Habt ihr euch gestritten, Tanis und du?«

Carey lächelte.

»Wie kommen Sie auf diese Idee? Ich habe doch gerade noch mit ihr getanzt.«

»Ein einziges Mal«, sagte Agnes Fane. Und noch leiser fügte sie hinzu: »Du solltest jetzt mit ihr tanzen. Mr. Madison läßt sie ja keine Minute in Ruhe. Er bringt sie in Verlegenheit. Geh und hol sie von ihm weg! Mit wem wolltest du jetzt tanzen?«

Als ob sie das nicht wüßte, dachte Carey.

»Mit Laura«, sagte er entschlossen und spürte die dunklen Augen forschend auf seinem Gesicht ruhen.

»Du verstehst dich mit ihr sehr gut.«

Er erwiderte: »Ja.«

Damit war er entlassen.

Er tanzte mit Laura. Sie bewegten sich im gleichen Rhythmus, ihre Herzen schlugen schneller. Doch der Augenblick ging viel zu schnell vorüber.

Danach tanzte er mit Tanis. Sie drückte seine Hand und sagte: »Du bist nicht böse auf mich? Wir sind doch Freunde.«

Carey lachte.

»Gute Freunde. Aber das mußt du erst deiner Tante Agnes erzählen.«

Sie nickte.

»Ja, natürlich. Aber wir wollen nicht streiten, nicht wahr? Wir hatten doch eine schöne Zeit zusammen – laß uns daran denken. Aber, Liebling – du läßt nicht zu, daß ich wegen Laura hier an diesem Ort hängenbleiben muß, nicht wahr? Sie wird auf dich hören. Ich würde umkommen, wenn ich hierbleiben müßte. Sonst mache ich einen Mordsskandal.«

»Das machst du doch sowieso schon!«

Sie blickte ihn belustigt an.

»Ich weiß. Es ist verrückt, nicht wahr? Aber so ist es nun mal. Tanzt man dreimal mit demselben Mann, ist es um ihn geschehen.«

»Dreimal ...« Er lächelte.

»Armer Tim!« Ihre Stimme war plötzlich sehr leise.

Die Musik hörte auf. Tanis lehnte sich gegen ihn, ihre Hand, die noch auf seinem Arm lag, zitterte.

Carey sagte: »Kalt?«

Sie ließ ihn los, lächelte und schüttelte den Kopf.

15

Der Abend ging zu Ende. Alistair war nicht zurückgekommen.

Etwa zwanzig Minuten, nachdem er hinausgegangen war, tauchte Petra wieder auf. Sie blieb einen Augenblick bei Carey und Laura stehen und sagte leichthin:

»Alistair wird damit fertig werden. Wie schlimm war es? Hat er eine Szene gemacht?«

»Es hätte schlimmer sein können. Er sagte zu Tanis, sie sei eine Lügnerin, und marschierte aus dem Zimmer, als sie nicht mit ihm tanzen wollte. Ich glaube nicht, daß Miß Fane etwas mitbekommen hat.«

»Irgend jemand wird ihr schon brühwarm berichten«, meinte Petra nachdenklich.

Die Madisons verabschiedeten sich kurz darauf und gingen hinaus in die kalte stürmische Nacht. »Es wird Regen geben«, sagte Tim Madison, als ein heftiger Windstoß durch die offene Tür hereinfegte. Er nahm Sylvia am Arm, und sie machten sich auf den Heimweg. Ihr Haus lag etwa einen halben Kilometer entfernt. Nach und nach verabschiedeten sich die Gäste und gingen nach oben. Robin Maxwell und Alistair waren die letzten. Es war kurz nach eins. Im Haus wurde es ruhig. Außer dem Heulen des Windes war nichts zu hören.

Laura schlief ein mit dem beruhigenden Gefühl, daß dies ihre letzte Nacht hier war. Schließlich hatte ihr Besuch doch noch etwas Gutes gebracht. Sie und Carey hatten sich hier gefunden. Und alles andere, die Tanten und Tanis würden schnell in Vergessenheit geraten.

Sie wachte irgendwann spät in der Nacht auf. Mit einem Schlag war sie hellwach. Es fiel ihr ein, daß sie ihren chinesischen Schal unten vergessen hatte. Wie merkwürdig, daß ihr das jetzt so wichtig erschien. Sie war mit Petra nach oben gegangen. Dann hatte sie sich ausgezogen, war ins Bett gegangen und sofort eingeschlafen, ohne auch nur einen Gedanken an den Schal zu verschwenden. Und jetzt ließ sie dieser dumme Schal nicht wieder zur Ruhe kommen. Wie dumm, dachte sie bei sich, aber ich kann nicht einschlafen, bevor ich nicht hinuntergegangen bin und ihn geholt habe.

Sie schlüpfte aus dem Bett, ohne Licht zu machen. Der Wind draußen heulte immer noch, die Fensterläden quietschten in ihren Angeln. Laura schlüpfte in ihren Morgenmantel, zog die Hausschuhe an und ging hinaus auf den Flur. Irgendwo am Ende des Ganges brannte ein trübes Licht. Laura ging auf die Treppe zu. Sie legte eine Hand auf das Geländer und setzte vorsichtig einen Fuß vor den anderen, denn es war ziemlich dunkel. Als sie um die Ecke bog, sah sie aus der Halle einen schwachen Lichtschimmer.

Sie überlegte, wo der Schal sein konnte. Im Salon . . . Nein, sie hatte ihn noch, als sie alle gemeinsam aus dem Salon gekommen waren. Plötzlich fiel ihr ein, daß Robin irgend etwas über die Stickerei gesagt hatte. Aber wenn sie ihn noch in der Halle gehabt hatte, warum hatte sie ihn dann nicht mit hinaufgenommen? Sie erinnerte sich, daß Robin den Schal bewunderte, während sie Lucy Adams und Miß Silver gute Nacht sagte. Und dann hatte Petra sie am Arm gepackt und mit hinaufgezogen, und sie war, ohne an den Schal zu denken, mit hinaufgegangen.

Wie merkwürdig, daß er ihr jetzt nicht mehr aus dem Sinn gehen wollte. Doch wo war er? Sie konnte ihn in der Halle nirgendwo entdecken. Schließlich machte Laura das Licht an und schaute noch einmal gründlich nach. Doch der Schal war weder in der Halle noch im Salon. Robin mußte ihn irgendwo anders hingelegt haben. Vielleicht hatte er ihn mit nach oben genommen. Sie kam sich recht albern vor, daß sie mitten in der Nacht aufstand und sich auf die Suche nach einem Schal machte. Sie löschte die Lampen und ging die Treppe wieder hinauf. Die große Uhr in der Halle schlug drei. Erleichtert kam sie schließlich wieder in ihrem Zimmer an.

Sie schloß die Tür leise hinter sich zu. Einen Augenblick lang blieb sie reglos in der Dunkelheit stehen, und da hörte sie leise, aber unmißverständlich das Geräusch einer sich schließenden Tür . . .

16

Um zwanzig Minuten nach acht am nächsten Morgen betrat Dean, der Butler, als erster das Speisezimmer und danach Miß Fanes Arbeitszimmer, um die Vorhänge aufzuziehen. Es war noch so dunkel, daß er Licht machen mußte und es brennen ließ. Auf seinem weiteren Rundgang kam er durch die Halle zu Miß Lyles Wohnzimmer. Er öffnete die Tür und machte auch hier Licht. Alles war wie sonst, nur zog es von irgendwoher. Er wußte sofort, daß die Tür zum Turmzimmer offen sein mußte. Und das war der Augenblick, in dem Dean stutzig wurde. Weshalb war die Tür offen? Gestern abend, als er seine Runde gemacht hatte, waren die Fenster und die Tür zugewesen. Sein erster Gedanke waren Einbrecher, und er warf einen prüfenden Blick ins Zimmer. Er merkte sofort, daß die oberste Schublade von Miß Lyles Sekretär offenstand. Er ging hinüber und entdeckte auf einem Stapel Briefe eine kleine Pistole. Er hielt sie für die Pistole, mit der Mr. Hazelton in der Halle herumgefuchtelt hatte.

Dean runzelte beim Anblick der Pistole die Stirn und dachte, daß es von Miß Lyle reichlich leichtsinnig war, eine Schußwaffe so herumliegen zu lassen. Angenommen, es wären tatsächlich Einbrecher gekommen ...

Er setzte seinen Weg fort und gelangte ins Turmzimmer. Ein Windstoß kam ihm entgegen. Die Tür zur Kirche stand weit offen. Graues Tageslicht flutete herein. Er blieb oben auf der Treppe stehen und blickte hinunter ins Kirchenschiff. Er sah irgend etwas auf dem Boden liegen. Er konnte es jedoch nicht genau erkennen, weil es zu dunkel war. Irgend etwas lag jedenfalls da unten, oder nein, es mußte ein Mensch sein, eine Frau! Ein Schauer lief ihm über den Rücken, und er mußte sich festhalten. Er ging die Treppe hinunter, langsam, eine Stufe nach der anderen, weil er sich fürchtete.

Endlich war er unten ... Ja, es war eine Frau. Es war Miß Tanis. Sie trug ihren schwarzen Pyjama und den schwarzen Morgenmantel. Sie lag auf dem Gesicht, ihr rechter Arm ausgestreckt neben ihr. Es sah so aus, als sei sie von der Treppe nach unten gestürzt.

Und dann sah Dean das Loch. Ein kleines rundes Loch in ihrem Seidenmantel, unter dem linken Schulterblatt. Er bückte sich. Seine Füße gaben unter ihm nach, doch er konnte sich fangen. Er hob die ausgestreckte Hand auf, um den Puls zu fühlen, doch als er sie berührte, wußte er, daß sie tot war. Mühsam richtete er sich wieder auf. Er wußte, daß er die Polizei benachrichtigen mußte, er mußte sagen, daß Miß Tanis Lyle ermordet worden war, und danach mußte er den anderen die Nachricht überbringen.

Er ging die Treppe hinauf in Tanis Lyles Wohnzimmer und rief die Polizei in Ledlington an.

17

Der erste lähmende Schock war vorüber. Was nun kam, waren all die schrecklichen Routineuntersuchungen und die Verhöre. Spuren wurden gesichert, Fingerabdrücke abgenommen, Fotos gemacht usw. Schließlich brachte man die Leiche von Tanis Lyle fort.

Der Polizeiinspektor von Ledlington, Randal March, saß in Miß Fanes Wohnzimmer und überprüfte noch einmal die Fakten, die er und Sergeant Stebbins bis jetzt gesammelt hatten. Er war ein großer, gutaussehender Mann Mitte Dreißig und hatte eine angenehme Stimme.

Miß Maud Silver wurde bei ihrem Eintreten freundlich begrüßt. Auch sie hieß den Inspektor mit einem herzlichen »Mein lieber Randal« willkommen und erkundigte sich nach seiner Mutter und seinen Schwestern. Sergeant Stebbins wurde beauftragt, noch einmal im ganzen Haus nachzufragen, ob nicht doch jemand den Schuß gehört hatte.

Miß Silver kannte Randal March von früher her, als sie noch als Erzieherin arbeitete. Auch hatte sie ihm schon mehr als einmal bei seinen Fällen mit Rat und Tat zur Seite gestanden.

Miß Silver setzte sich und nahm aus ihrem Korb wie immer ihr unvermeidliches Strickzeug. Wie wenig sie sich doch verändert hat, dachte er bei sich.

»Eine schreckliche Angelegenheit«, begann sie schließlich. »Ich bin sehr froh, daß ich mit Ihnen darüber reden kann.«

»Ganz meinerseits. Der Tatbestand liegt praktisch vor, und es würde mich interessieren, was Sie dazu meinen.«

Miß Silver strickte eine Minute lang schweigend weiter. Dann sagte sie: »Ich habe bedauert, daß ich Sie neulich morgens in Ledlington nicht angetroffen habe. Ich hatte Ihnen die Nachricht hinterlassen, daß ich mich zur Zeit in der Propstei aufhielte. Ich glaube, es ist an der Zeit, Ihnen zu sagen, daß ich mich hier nicht privat aufhalte.«

»Was?«

»Ich sage Ihnen dies natürlich im Vertrauen. Miß Fane möchte bestimmt nicht, daß es bekannt wird.«

Randal March schaute sie skeptisch an.

»Aber ich fürchte, ich muß Sie fragen . . .«

»Oh, ja – ich wollte es Ihnen gerade erklären . . . Lucy Adams ist eine alte Klassenkameradin von mir. Vor einiger Zeit rief Miß Fane mich an und sagte, im Haus passierten immer wieder kleinere Diebstähle. Sie fragte mich, ob ich bereit wäre, die Sache zu untersuchen. Und ich sagte ja.«

Randal March lächelte.

»Und haben Sie das Problem bereits gelöst?«

Miß Silver erwiderte düster: »Ja.«

Er blickte sie belustigt an.

»Und wer war es?«

Sie legte die Strickarbeit in den Schoß und warf ihm einen Blick zu.

»Ja, Randal, ich glaube, ich muß es Ihnen sagen. Aber bitte, nur zu Ihrer eigenen Information.«

»Was soll das heißen?«

»Ich will damit sagen, daß dies kein Fall für die Polizei werden soll. Wenn in diesem Haus kein Mord geschehen wäre, hätte ich es auch nie erwähnt, doch nach dem, was geschehen ist, fühle ich mich nicht länger berechtigt, irgendwelche Dinge, und seien sie auch noch so nebensächlich, unerwähnt zu lassen.«

»Da haben Sie recht. Ich werde keinen Gebrauch von Ihrer Information machen, es sei denn, sie führt auf die Spur des Mörders. Wer ist der Dieb?«

Miß Silver stand auf und schloß die Tür. Leise sagte sie:

»Perry.«

»Perry? Sie ist doch Miß Fanes Dienstmädchen, oder?«

»Ja, Randal, aber ich habe damit lediglich festgestellt, daß Perry die Diebin ist.«

»Was! Ich dachte, sie sei schon seit ewigen Zeiten hier.«

Miß Silver nahm wieder ihre Strickarbeit auf.

»O ja, einundvierzig Jahre hat sie treu gedient. Sie betet Agnes Fane an.«

»Und stiehlt!« Seine Stimme klang ein wenig ungläubig.

Miß Silver räusperte sich.

»So einfach ist die Sache nicht. Sie hat die Diebstähle absichtlich begangen, um die Fremdarbeiterfamilien, die im Haus wohnen, in Verdacht zu bringen, weil sie sie nicht leiden kann.«

»Wie genial! Sind Sie ganz sicher?«

»Ja. Ich habe es Miß Fane noch nicht gesagt. Ich wollte es heute tun, denn ich hatte mich ja verpflichtet, den Fall aufzuklären. Aber sie würde mir nicht glauben.«

Randal runzelte die Stirn.

»Ich habe bis jetzt weder sie noch Miß Adams gesprochen. Wie haben sie die Nachricht vom Mord aufgenommen? Sie waren ja ganz vernarrt in das arme Mädchen, nicht wahr?«

»Ich habe Lucy seitdem noch nicht gesehen – ich glaube, es hat sie sehr mitgenommen –, aber ich komme gerade von Agnes Fane. Ich werde Ihnen sagen, wie ich sie vorfand.«

»Ja?« In seiner Stimme schwang eine Spur von Erstaunen mit.

Miß Silver schwieg einen Augenblick. Sie nahm eine Masche auf und fuhr dann fort:

»Sie war gerade dabei, ihrem Anwalt einen Brief zu schreiben.«

»Ihrem Anwalt?«

Miß Silver nickte.

»Er heißt Mr. Metcalfe, er ist ein alter Freund der Familie. Sie schrieb ihm jedoch einen geschäftlichen Brief. Sie drängte ihn darin, die Verhandlungen mit Miß Laura Fane wegen des Verkaufes der Propstei voranzutreiben.«

»Aber meine liebe Miß Silver!« Vor Erstaunen versagte Randal fast die Stimme. Miß Silver nickte nur und beschäftigte sich wieder mit ihrer Strickarbeit.

Doch kurz darauf hatte er sich wieder gefangen. »Na gut, damit haben Sie meine Frage beantwortet.« Er lachte trocken. »Vom Tod ihrer Nichte hat sie vor etwa drei Stunden erfahren, stimmt das?«

Miß Silver blickte ihn an. »Sie dürfen mich nicht mißverstehen, Randal. Lucy und Agnes haben Tanis wirklich vergöttert. Sie war ihre ganze Hoffnung. Sie bedeutete alles für sie. Besonders für Agnes. Für sie, so glaube ich, war sie so etwas wie eine Waffe.«

»Wie meinen Sie das?«

Miß Silver schwieg einen Augenblick. Dann fragte sie:

»Was wissen Sie von Agnes Fane?«

»Ich nehme an, genausoviel wie jeder andere hier auch. Sie

ist von ihrer Kusine aus dem Feld geschlagen worden. Und sie hatte einen schlimmen Reitunfall und ist seitdem auf ihren Rollstuhl angewiesen. Die Geschichte ist so dramatisch, daß man sie nicht vergessen kann.«

»Ja, das stimmt, sie ist nie in Vergessenheit geraten. Auch Agnes hat sie nie vergessen.«

»Es muß schon sehr lange her sein.«

»Zweiundzwanzig Jahre. Ich hielt mich gerade in der Nachbarschaft auf. Ich kannte Mr. Oliver Fane und das Mädchen, mit dem er ausriß, eine gewisse Miß Ferrers. Sie war ebenfalls eine Kusine. Es waren reizende Menschen. Sie brachen mit der Familie. Seitdem – so glaube ich – hatte Agnes nur den einen Gedanken, das Anwesen hier zu erwerben, das ihr gehört hätte, wenn sie Oliver Fane geheiratet hätte. Nicht seine Tochter, sondern Tanis Lyle sollte es einmal erben.«

»Die Tochter heißt Laura Fane, sie hält sich im Augenblick hier auf, nicht wahr?«

»Ja, sie ist gerade volljährig geworden. Sie scheint nicht die Absicht zu haben, das Haus zu verkaufen. Agnes lud sie ein in dem Glauben, sie in ihrem Entschluß beeinflussen zu können. Sie ist eine Frau mit einem starken Willen.«

Randal March machte eine plötzliche Handbewegung.

»Warum erzählen Sie mir das alles?«

»Mein lieber Randal!«

Miß Silvers Ton zeugte von Mißbilligung, doch der Inspektor schüttelte nur den Kopf.

»Sie bezwecken damit doch etwas. Was also?«

Ihre Nadeln klapperten.

»Sehr einfach. Ein schreckliches Verbrechen ist begangen worden. Da ich die Familienverhältnisse kenne, halte ich es für meine Pflicht, Ihnen meine Eindrücke zu vermitteln.«

Er sagte: »Ich verstehe ...« Und dann: »Miß Fane will das Haus immer noch kaufen? Warum?«

»Nur damit Laura es nicht bekommt. Sie wissen, daß Tanis

Lyle verheiratet war? Es ist ein Kind da, ein kleiner Junge, er ist sieben Jahre alt. Wenn Agnes die Propstei kaufen könnte, würde sie ihn adoptieren und hier aufziehen.«

»Die menschliche Natur steckt voller Überraschungen – nicht wahr? Ja, ich wußte von der Heirat. Der Ehemann ist doch dieser Hazelton, der an der Schießerei gestern abend beteiligt war. Ich habe inzwischen fünf verschiedene Aussagen dazu gehört – von Desborough, den beiden Maxwells, von Laura Fane und Dean, dem Butler. Was haben Sie dazu zu sagen?«

18

Miß Silver schilderte ihm, wie sie Jeffrey Hazeltons kurzen Auftritt miterlebt hatte. Ihr Bericht war kurz und prägnant.

Randal March, der Notizen über die verschiedenen Aussagen in der Hand hielt, blickte abwechselnd in seine Papiere und dann wieder auf Miß Silver. Schließlich sagte er: »Hm, tja. Es bestehen keine Unterschiede, hinsichtlich der Fakten jedenfalls. Aber was für einen Eindruck hatten Sie von dem Burschen? War er wirklich gefährlich? Oder gab er nur an? Oder war er so betrunken, daß er nicht wußte, was er tat?«

Miß Silver dachte nach. Schließlich sagte sie:

»Ich würde sagen, sowohl als auch.«

»Würden Sie mir dies bitte näher erläutern?«

Sie dachte einen Augenblick nach. »Nun, er hatte sie immer noch sehr gern, und sie hielt ihn zum Narren. Ich vermute, daß er sie in der letzten Zeit häufiger gesehen hatte. Gestern abend hat er mit ihr im ›Luxe‹ gesprochen. Ich glaube, er wollte mit ihr tanzen, und sie lehnte ab. Er ist ihr dann offensichtlich bis hierher gefolgt. Die Maxwell-Brüder haben ihn einige Zeit vor dem Essen im ›Engel‹ gesehen. Später kam er dann hierher. Er war betrunken und ärgerlich auf sie. Er hatte sich nicht mehr in der Gewalt und war am Rande eines Zusammenbruches.«

»Wollen Sie damit sagen, daß er sie erschießen wollte?«

»Zweifellos. Er hielt ihr die Pistole auf die Brust, und seine Finger waren am Abzug. Wenn sie auch nur eine Bewegung gemacht oder wenn sie geschrien hätte oder sonst was getan hätte, wäre sie, da bin ich ganz sicher, schon da erschossen worden. Sie handelte jedoch kaltblütig und geistesgegenwärtig.«

»Flößt Ihnen das nicht Bewunderung ein? Ihre Stimme verrät allerdings nichts davon.«

Miß Silver legte die Stricknadeln in den Schoß und schaute ihm ins Gesicht.

»Ich habe noch nie jemanden gesehen, der so wenig Gefühl im Leib hat wie Tanis«, sagte sie. »Selbst ein Fremder hätte Mitleid mit Mr. Hazelton gehabt – er brach völlig zusammen, schluchzte und sagte immer und immer wieder ihren Namen. Doch sie hatte keinen Blick für ihn. Sie stand wieder einmal im Mittelpunkt, sie kostete ihren Triumph aus. Das Ganze war ein fürchterliches Schauspiel.«

Randal March legte die Papiere, die er in der Hand hielt, auf den Tisch. »Sie sympathisieren offensichtlich mit dem Täter«, stellte er schließlich trocken fest. »Ziemlich ungewöhnlich bei Ihnen, nicht wahr?«

Miß Silver nahm ihre Strickarbeit wieder auf, sah sie prüfend an und fing an, abzuketten. Dann sagte sie mit ruhiger, ernster Stimme:

»Es würde mich mehr als überraschen, wenn Mr. Hazelton der Täter wäre.«

Polizeiinspektor March konnte sein Erstaunen nicht verbergen. »Aber die Fakten sprechen doch eindeutig gegen ihn.«

Miß Silver räusperte sich. »Mein lieber Randal!«

Er lachte, wurde jedoch ein wenig blaß.

»Sie wissen doch selbst, daß ein Verdächtiger in neun von zehn Fällen wirklich der Täter ist.«

Sie räusperte sich noch einmal.

»So weit würde ich meinerseits nicht gehen. Doch selbst wenn die Chancen neun zu zehn stehen, halte ich es für nicht ratsam, andere Möglichkeiten auszuschließen und sich nur auf eine verdächtige Person zu konzentrieren.«

»Aber Sie werden zugeben, daß Hazelton mehr als verdächtig ist. Ich möchte gerne wissen, warum er für Sie als Mörder nicht in Frage kommt.«

»Meiner Ansicht nach hätte er sie am Mittwoch leicht erschießen können. Am nächsten Tag wurde er von Mr. Desborough und Robin Maxwell in den Zug nach London gesetzt. Ich kann nur schwer glauben, daß er noch am selben Abend zurückgekehrt ist, Miß Lyle überreden konnte, ihn hereinzulassen, und sie dann in den Rücken schoß – sie wurde doch von hinten erschossen, nicht wahr?«

»O ja. Und warum, so glauben Sie, würde er so etwas nicht tun?«

Miß Silver strickte ruhig weiter.

»Er hatte sie sehr gern, sehr gern. Es hätte schon weit kommen müssen, wenn er sie erschossen hätte. Und ich habe das sichere Gefühl, daß er sie – wenn überhaupt – nicht in den Rücken geschossen hätte.«

Während sie noch sprach, ging die Tür auf. Das Mädchen Perry stand auf der Schwelle. March, der sie jetzt zum ersten Mal sah, fand, er habe noch selten ein so wenig anziehendes weibliches Wesen gesehen.

Sie behielt die Hand auf der Türklinke und sagte ein wenig befangen zum Polizeiinspektor:

»Miß Fane möchte Sie jetzt empfangen.«

»Vielen Dank. Ich komme gleich. Miß Silver wird mir den Weg zeigen. Sie brauchen nicht zu warten.«

Als sie gegangen war und die Tür hinter sich geschlossen hatte, sagte er:

»Keiner will den Schuß gehört haben. Ich möchte, daß jeder noch mal gefragt wird, ob er etwas gehört hat. Wenn wir nach oben gehen, würden Sie bitte Miß Adams diese Frage, nur diese eine Frage, stellen? Wollen Sie das für mich tun?«

Miß Silver wickelte die Wolle auf und steckte das Strickzeug in den Korb.

»Gewiß, mein lieber Randal.«

Sie gingen die Treppe hinauf und kamen auf den Flur.

»Fangen wir rechts an«, sagte Miß Silver, »zuerst kommt das Zimmer von Laura Fane, dann das von Miß North, dazwischen liegt ein Badezimmer. Danach das von Miß Lyle, noch ein Badezimmer, dann das Turmzimmer. Auf der linken Seite ist zuerst ein Badezimmer, dann Lucy Adams', wieder ein Badezimmer, dann ein kleines Zimmer, das Perry bewohnt, und schließlich Agnes Fanes Zimmer, das viel größer als alle anderen ist. Wenn überhaupt jemand im Haus den Schuß gehört hat, dann kann es nur sie gewesen sein, denn ihr Zimmer besitzt zwei Fenster, die in diese Richtung hinausgehen. Ja, es ist ziemlich unwahrscheinlich, daß sie ihn nicht gehört hat, während Lucy ihn mit ziemlicher Sicherheit nicht gehört hat. Es liegen drei Räume zwischen ihrem Zimmer und dem Teil des Hauses, wo der Mord begangen wurde. Zufällig weiß ich, daß sie nachts niemals ein Fenster aufhat. Doch wenn Sie wollen, daß ich sie frage, so tue ich das selbstverständlich.«

»Wenn es Ihnen nichts ausmacht.«

Miß Silver klopfte an die Tür und öffnete, nachdem sie nur eine undeutliche Antwort erhielt. Sie ließ einen Spalt offen. Das Zimmer lag im Halbdunkel, die Vorhänge waren zugezogen. Vom Bett her hörte sie eine Stimme, die von Schluchzen erschüttert wurde:

»Wer ist da? Ich will niemanden sehen – ich will nicht!«

Miß Silvers Augen gewöhnten sich langsam an das Halbdunkel. Sie konnte das Bett erkennen und Miß Adams, die ausgestreckt dalag und ihr Gesicht in die Kissen vergraben hatte. Miß Silver begann schließlich mit freundlicher, fester Stimme:

»Ich möchte dich nicht stören, meine liebe Lucy. Du weißt sicher, wie sehr ich deinen Schmerz nachempfinden kann. Der Polizeiinspektor hat mich beauftragt, dir eine Frage zu stellen. Er will nicht aufdringlich sein, aber es ist seine Pflicht, herauszufinden, ob irgend jemand im Haus den Schuß gehört hat. Vielleicht kannst du mir sagen, ob du irgend etwas gehört hast.«

Miß Adams schluchzte weiter in ihr Kissen. Eine Hand legte sich sanft, aber bestimmt auf ihre Schulter.

»Komm, Lucy, du mußt ja nur mit ja oder nein antworten. Hast du etwas gehört?«

Lucy hob das Gesicht aus den Kissen. Die Augen waren geschwollen, das ganze Gesicht tränenverschmiert. Mit schwacher Stimme sagte sie:

»Keinen Schuß, nein – wie sollte ich auch – die Fenster waren geschlossen – ich habe keinen Schuß gehört –«

Irgend etwas an dem zweimal wiederholten Wort Schuß veranlaßte Miß Silver, schnell noch eine Frage zu stellen:

»Du hast den Schuß also nicht gehört? Hast du sonst irgend etwas gehört?«

Sobald die Worte heraus waren, klangen sie absurd. Was sonst hätte sie hören sollen?

Lucy Adams wurde ein wenig ruhiger. Plötzlich stieß sie Miß Silvers Hand heftig zur Seite.

»Ich kann nicht darüber reden – ich kann nicht! Du darfst mich nicht fragen! Ich kann es dir nicht sagen – ich kann es niemandem sagen!«

Miß Silver verließ das Zimmer und schloß die Tür hinter sich.

»Haben Sie gehört, was sie gesagt hat, Randal?«

»Ja – sie hat nicht den Schuß – aber irgend etwas anderes gehört. Auf jeden Fall muß es sie restlos aus der Fassung gebracht haben. Ich möchte wissen, was es war.«

Miß Silver meinte, ohne weiter darauf einzugehen:

»Sie ist völlig außer sich. Es war ein schwerer Schock für sie. Aber morgen wird es ihr bessergehen. Sie können ihr dann weitere Fragen stellen.«

19

Randal March war von Miß Agnes Fane ziemlich beeindruckt. Sie saß in einem großen Lehnstuhl neben dem Kamin in ihrem Schlafzimmer. Die Vorhänge waren zurückgezogen, und das Licht flutete ins Zimmer. Sie saß aufrecht und gefaßt da, die Haare lagen hübsch in Wellen, eine Perlenkette zierte ihr strenges schwarzes Kleid.

Mit einem leichten Kopfnicken bedeutete sie ihm, Platz zu nehmen. Sie verstehe, daß er wünsche, sie zu sprechen, aber sie fürchte, ihm nur wenig bei der Aufklärung des Falles helfen zu können. Ihre Stimme klang tief und voll. Sie sprach sehr überzeugend. Sie machte einen sehr gefaßten Eindruck, trotz des zweifellos großen Schocks, den sie erlitten hatte. Doch sie hatte sich völlig in der Gewalt.

Er stellte seine Frage und erhielt seine Antwort.

»Nein – ich habe nichts gehört.«

Seine Augen wanderten zu den zwei Südfenstern rechts und links des Bettes. Sie wanderten zurück zu ihrem unbewegten Gesicht.

»Sie haben einen gesunden Schlaf, Miß Fane?«

Auf ihr Gesicht stahl sich der Anflug eines Lächelns.

»Leider einen sehr schlechten. Manchmal sogar so schlecht,

daß ich eine Schlaftablette nehmen muß. Letzte Nacht habe ich auch eine genommen.«

Randal March erhob sich, doch sie hielt ihn mit einer Handbewegung zurück.

»Hat man ihn festgenommen?«

»Bis jetzt ist noch niemand verhaftet worden. Darf ich fragen, wessen Verhaftung Sie meinen?«

Ihr Gesicht war voller Verachtung.

»Wessen Verhaftung? Die des Mörders. Hat Ihnen niemand erzählt, daß Jeffrey Hazelton meine Nichte am Mittwochabend erschossen hätte, wenn sie sich nicht durch ihre Geistesgegenwart selbst das Leben gerettet hätte? Man kann ihn für seine Handlungsweise natürlich nicht voll verantwortlich machen, er hätte eigentlich in Gewahrsam gehört. Ich bin mitschuldig, weil ich nicht darauf bestanden habe.«

»Sie meinen, Mr. Hazelton ist letzte Nacht hierher zurückgekommen und hat Miß Lyle erschossen?«

»Das liegt doch wohl auf der Hand.«

Er entgegnete ein wenig steif:

»Natürlich haben wir Mr. Hazelton bei unseren Ermittlungen nicht ausgelassen. Er wird über jeden seiner Schritte Rechenschaft ablegen müssen, nachdem er dieses Haus verlassen hat. Ich erwarte jeden Augenblick einen Anruf. Sie können sicher sein, daß alles getan wird, Miß Fane. Aber der Bericht des Arztes und die Untersuchungen der Schußwaffe und des Einschusses müssen natürlich erst vorliegen.«

Agnes Fane betrachtete ihn zum erstenmal mit unverhohlenem Interesse.

»Ein Experte könnte doch beweisen, daß die Kugel aus der Pistole stammt, die man Jeffrey Hazelton Mittwochabend abgenommen hat?«

»Selbstverständlich. Jedes Geschoß wird durch die Schußwaffe markiert. Jede Waffe markiert eine Kugel anders.«

Ihr Gesichtsausdruck veränderte sich.

»Das beweist in diesem Fall gar nichts. Vielleicht hat er sie mit dieser Pistole erschossen, vielleicht aber auch mit einer anderen, er hatte noch eine.«

»Stimmt – Desborough erwähnte das gleiche in seiner Aussage. Miß Lyle sagte es – nicht wahr?«

»Ja.« Ihre Hand umklammerte die Stuhllehne. Ehe er weitersprechen konnte, sagte sie mit eindringlicher Stimme: »Mr. Desborough war mit meiner Nichte verlobt. Hat er das in seiner Aussage auch erwähnt?«

Wenn Randal March erstaunt war, bemühte er sich, es nicht zu zeigen. Carey Desborough als betrogener Liebhaber! Nein, daran hätte er wohl zuletzt gedacht. Während seines kurzen Gesprächs mit ihm hatte Carey von ihr wie von einer guten Freundin gesprochen.

Nach einer, wie er hoffte, nicht allzu auffallend langen Pause sagte er nur:

»Nein, davon hat er nichts gesagt. Hat es eine Verlobung gegeben?«

»Sie waren sozusagen heimlich verlobt. Die Verlobung sollte in Kürze bekanntgegeben werden.«

Er schwieg einen Augenblick und fragte dann:

»Warum erzählen Sie mir das, Miß Fane? Wollen Sie damit sagen, daß Eifersucht das Tatmotiv war? War Mr. Hazelton eifersüchtig?«

Sie sagte: »Ich weiß es nicht.«

Damit war das Gespräch beendet. Randal March verabschiedete sich.

Als er an der Tür von Perrys Zimmer vorbeikam, ging die Tür auf.

»Ich hätte Sie gern gesprochen, wenn Sie Zeit haben«, sagte Perry.

20

Carey und Laura wanderten am Nachmittag über die Felder. Alles war grau in grau. Außerdem war es ziemlich kalt. Der Sturm hatte allerdings nachgelassen. Hier draußen waren sie wenigstens ungestört und konnten offen miteinander reden.

»Die Stimmung im Haus ist schrecklich. Was meinst du, wie lange müssen wir noch hierbleiben?«

»Bis die Untersuchungen abgeschlossen sind. Die Maxwells wollten eigentlich am Sonntagabend fahren. Ich weiß nicht, wie lange so was dauert.«

»Die Maxwells werden sicher froh sein, wenn sie endlich weg sind. Alistair sieht schrecklich aus, findest du nicht auch?«

»Petra und Robin sind mit ihm ein wenig rausgegangen. Ich beneide sie nicht darum. Aber es hat ja keinen Zweck, daß er nur herumsitzt und Trübsal bläst.«

»Carey, alles ist so schrecklich. Ich meine nicht nur die Sache mit Tanis. Ich traue mich kaum noch zu sprechen, dauernd habe ich das Gefühl, es lausche jemand an der Tür. Perry zum Beispiel. Petra sagt, sie habe sie dabei erwischt. Und vor Agnes fürchte ich mich regelrecht.«

Carey legte den Arm um sie. Wie tröstlich es war, ihn so zu spüren.

Er fragte: »Hast du sie gesehen?«

Sie fröstelte, als sie sagte: »Ja.«

»Wann?«

»Gerade vorhin, als ich nach oben ging und meinen Mantel holte. Perry kam, klopfte an meine Tür und sagte, Agnes wollte mich sprechen. Ihr Zimmer war voll mit Kisten und Kästen. Es sind alles Trauersachen, die sie in Ledlington bestellt hat. Sie gab mir ein schwarzes Kleid und sagte, sie würde sich freuen, wenn ich es trüge. Sie erwarte nicht von mir, daß ich für eine Kusine, die ich kaum gekannt habe, lange Zeit Trauer tragen würde, aber sie schlug mir vor, das schwarze Kleid zu tragen, solange ich mich noch in der Propstei aufhielte. Sie sagte auch, sie würde es schätzen, wenn ich bis zur Beerdigung bliebe. Sie war fürchterlich arrogant und herablassend. Und ganz zum Schluß meinte sie noch, dies sei ja wirklich nicht der Zeitpunkt, über geschäftliche Dinge zu reden, doch sie wolle mich wissen lassen, daß ihre Pläne hinsichtlich der Propstei unverändert seien.«

»Nein!«

»Doch, wortwörtlich.«

»Möchte sie das Haus immer noch kaufen? Nach – all dem?«

Er spürte, daß sie wieder zu zittern anfing.

»Es ist schrecklich, findest du nicht auch?«

»Jedenfalls ziemlich gefühllos. Was wirst du tun – gibst du es ihr?«

»O ja, alles was sie will! Ich bin ihr geradezu dankbar, daß sie das Haus will. Wir könnten hier nicht leben, oder? Jetzt nicht mehr, auch später nicht.«

Sehr viel nachdenklicher sagte er schließlich: »Nein, ich glaube nicht ...« Und dann, mit veränderter Stimme: »Aber es ist ja gleich, wo wir leben, oder? Angenommen, wir heiraten nächste Woche – wie soll das Haus aussehen, in dem wir wohnen?«

Plötzlich war die gedrückte Stimmung wie weggeblasen. Einige glückliche Stunden lang lebten sie in einer Welt voller Träume. Sie wußten es, aber es kümmerte sie nicht. Es war einfach schön, zusammenzusein.

Sie befanden sich bereits auf dem Heimweg, als ein einsamer Spaziergänger dicht an ihnen vorbeiging. Es war Tim Madison.

Er hatte die Hände tief in den Taschen vergraben. Seine roten Haare flammten. Seine Augen, blank und blau, starrten in den Himmel. Er sah aus wie ein Blinder oder wie ein Schlafwandler. Wortlos raste er an ihnen vorbei. Carey sagte: »Armer Teufel – es hat ihn hart getroffen.«

21

»Hallo, Randal?«

Miß Silver betrat einen spärlich möblierten Raum, der eher wie ein Büro aussah als das Arbeitszimmer einer Frau. Auf dem Fußboden lag kein Teppich, zweifellos wegen Miß Fanes Rollstuhl, und aus dem gleichen Grund war wohl auch das Mobiliar auf das Notwendigste beschränkt.

Randal March schaute beim Klang seines Namens auf und sagte unvermittelt:

»Sie hatten nur zu recht – er hat es nicht getan.«

Miß Silver schob sich einen der Stühle zurecht und setzte sich.

»Wenn Sie damit Mr. Hazelton meinen, Randal, so hatte ich nur sagen wollen, daß es mich überrascht hätte, wenn er in der Mordnacht noch einmal zurückgekommen wäre. Meiner Meinung nach war er nicht fähig, eine Tat zu begehen, die Nachdenken erforderte. Ich nehme an, er hat ein Alibi.«

»Und was für eines!« March schlug mit der Faust auf den Tisch. »Er kann es unmöglich gewesen sein. Er liegt bewußtlos im Krankenhaus, seit etwa acht Uhr gestern abend. Ärzte, Schwestern usw. können das bezeugen. Er kann es nicht gewesen sein. Sie hatten recht – es wäre zu einfach gewesen. Aber vielleicht sind Sie diesmal so nett und sagen mir, wer nun Tanis Lyle wirklich ermordet hat.«

Sie erwiderte trocken: »Ich weiß es nicht, Randal.«

Seine Antwort war ein kurzes sarkastisches Lächeln.

»Das wundert mich aber! Wer hatte ein Motiv? Vielleicht können Sie mir das wenigstens sagen.«

Ihre Antwort klang ziemlich abwesend: »Nein.«

»Was? Dann können Sie mir gar nichts sagen?«

»Das habe ich nicht behauptet. Ich denke, eine ganze Reihe von Leuten haben ein Motiv.«

»Sie meinen, sie hatte Feinde – eine wunderschöne junge Frau wie sie?«

»Oh, mein lieber Randal! Ich meine, daß sie sich viele Feinde geschaffen hat. Ich möchte nicht über Tote herziehen, aber ich denke, daß Sie ein wenig mehr über Tanis Lyles Charakter wissen sollten. Sie wurde zu einem Egoisten erzogen. Agnes und Lucy konnten ihr nichts abschlagen. Sie wirkte äußerst anziehend auf Männer. Doch diese interessierten sie nur so lange, wie sie ihre Eitelkeit und Selbstsucht befriedigen konnten. Ihre Tanten waren sehr bedacht darauf, daß sie noch einmal heiratete, aber das wollte sie nicht. Sie hatte gerade einen Film gedreht, und sie wollte unbedingt Karriere machen. Sie gehörte zu diesen Menschen, die das Leben und die Beziehungen anderer schrecklich durcheinanderbringen. Nicht undenkbar, daß dies vielleicht bereits ein Motiv für ihren Mörder war.«

Er sagte: »Liebe, Eifersucht, gut, das ist möglich. Kennen Sie, abgesehen von Hazelton, jemand, der in sie verliebt oder eifersüchtig war?«

Miß Silver überlegte.

»Wenn ich diese Frage beantworte, Randal, heißt das nicht, daß ich jemanden beschuldige. Ja, ich verdächtige noch nicht einmal jemanden. Ich informiere Sie lediglich über das Verhältnis zwischen Tanis Lyle und noch ein paar Leuten in diesem Hause und in der Nachbarschaft.«

Er lächelte.

»Sie sind wie immer unglaublich gerecht. Ich werde versuchen, nicht zwischen den Zeilen zu lesen, wenn es sich auch nur einigermaßen vermeiden läßt. Doch vielleicht werde ich nicht anders können.«

»Ich verlange schließlich nichts Unmögliches. Ich kann Ihnen einige Fakten geben, d. h., Sie werden sie wohl als Fakten bezeichnen. Sie beruhen zum Teil auf meinen eigenen Beobachtungen, teils darauf, was ich gehört habe. Alistair Maxwell hat ein Verhältnis mit Petra North. Es besteht, so glaube ich, seit langem, und bis vor kurzem waren sie äußerst glücklich miteinander. Das kann Lucy bezeugen. Jetzt sind sie beide zutiefst unglücklich.«

»Wegen Tanis Lyle.«

»Genau. Miß North liebt ihn immer noch – Mr. Alistair war Tanis sichtlich verfallen. Das ist der eine Fall. Dann sind da noch die Madisons – Korvettenkapitän Madison und seine Frau, die in Grange Cottage, das sind etwa eineinhalb Kilometer von hier entfernt, wohnen. Wahrscheinlich haben Sie ihre Namen schon gehört. Sie waren gestern zum Abendessen eingeladen und haben den Abend hier verbracht. Mr. Madison kam mir so vor, als sei er bis über beide Ohren in Tanis verliebt. Sie tanzte fast den ganzen Abend mit ihm, und seine Frau und Mr. Alistair waren beide offensichtlich eifersüchtig.«

»Ja, Maxwell verließ das Haus, nicht wahr – er machte einen Spaziergang allein? So steht es in seiner Aussage. Aber er war, glaube ich, zurück, ehe der Mord begangen wurde. Er soll kurz nach ein Uhr wieder hier gewesen sein.«

Sie nickte.

»Das stimmt. Ich habe ihn mit seinem Bruder nach oben kommen hören. Mein Zimmer befindet sich unmittelbar gegenüber.«

»Und Tanis wurde um zwölf Uhr, als man sich allgemein gute Nacht wünschte, zum letztenmal lebend gesehen. Die Zeit reicht nicht. – Der Mörder hätte früher kommen müssen. Sie stritten miteinander, er erschoß sie, wischte die Pistole und die Türklinken ab – nirgendwo waren Fingerabdrücke –, und dann brauchte der Mörder noch Zeit, durch die Ruinen hinaus ins Freie und danach durch die Vordertür wieder ins Haus zu kommen. Ich würde sagen, die Zeit ist zu kurz. Es kann zu diesem Zeitpunkt nicht passiert sein. Außerdem hätte irgend jemand den Schuß hören müssen.«

Miß Silver meinte: »Der Wind war sehr stark. Aber ich stimme zu – es muß später gewesen sein. Und ich verdächtige Mr. Alistair nicht. Ich sage Ihnen nur, daß er Tanis Lyle verfallen war.«

Er bemerkte kurz: »Miß Fane erzählte mir, daß Tanis mit Carey Desborough verlobt war.«

Miß Silver schüttelte den Kopf.

»Das glaube ich nicht.«

»Sie war davon überzeugt.«

»Agnes ist immer von sich überzeugt.« Miß Silvers Stimme klang trocken. »Sie kann einfach nicht glauben, daß irgend etwas anders läuft, als sie es geplant hat. Wenn sie etwas will, meint sie, es müßte auch so sein.«

Randal March sah sie mit einem leicht fragenden Lächeln an.

»Nachdem Sie so darauf bedacht waren, mir Miß Lyle als eine derart gefährliche, anziehende Frau zu schildern, warum sind Sie dann so sicher, daß Desborough nicht in sie verliebt war?«

»Weil er Laura Fane liebt.«

»Oh, und was veranlaßt Sie zu dieser Annahme?«

Miß Silver räusperte sich.

»Liebe und Schnupfen lassen sich nicht verbergen. Die beiden sind ein äußerst attraktives Paar.«

Sein Lächeln verstärkte sich noch ein wenig.

»Sie und Ihr Faible für Verliebte. Überrascht es Sie zu erfahren, daß Desborough und Miß Lyle Mittwoch abend einen ernsthaften Streit miteinander hatten und daß der Streit um Laura Fane ging?«

»Das würde mich nicht im geringsten überraschen«, sagte

Miß Silver. »Ich sah sie zusammen das Zimmer verlassen, und sie waren eine ganze Weile weg. Aber ich möchte wissen, wer Ihnen erzählt hat, daß sie miteinander stritten.«

Er zog eine Grimasse.

»Perry, die Lauscherin an der Wand. Ich werde mit Desborough reden, wenn er kommt.«

Miß Silver erhob sich.

»Ich würde nur wenig von dem glauben, was Perry sagt«, bemerkte sie.

March lachte.

»Ich bin nicht voreingenommen. Wie ist es mit Desborough? Kann man ihm bedingungslos glauben?«

Miß Silver lächelte herzlich.

»Alle Männer sollen bekanntlich Lügner sein. Ich fürchte, daß wir dem unseres Berufes wegen nicht leicht widersprechen können. Aber ich glaube nicht, daß Mr. Desborough große Übung im Lügen hat und es überzeugend praktiziert.«

Sie erhob sich, verabschiedete sich von March und ging hinauf zu Miß Fane.

Agnes Fane saß in einem Sessel neben dem Kamin. Sie hatte ein Buch auf den Knien, doch sie schien nicht darin gelesen zu haben, denn sie machte einen sehr abwesenden Eindruck.

Miß Silver setzte sich auf den Stuhl gegenüber und begann ohne Einleitung:

»Ich hoffe, daß ich Ihnen nicht ungelegen komme, doch ich halte es für meine Pflicht, Ihnen mitzuteilen, daß der Auftrag, für den Sie mich engagiert haben, erledigt ist.«

Miß Fane sah sie etwas überrascht an.

»Tatsächlich?« sagte sie schließlich. »Das ist doch nicht so wichtig.«

Miß Silver hüstelte.

»Es ist nicht immer einfach zu beurteilen, was wichtig ist und was nicht. In diesem Fall ist die Zuverlässigkeit eines Zeugen in Frage gestellt.«

Agnes Fane sagte: »Aha. Dann haben Sie also herausgefunden, wer die Diebstähle begangen hat. Wer war es?«

»Ihr Dienstmädchen, Perry«, sagte Miß Silver.

Wenn sie Empörung oder Widerspruch erwartet hatte, so sah sie sich enttäuscht. Miß Fanes Hand hob sich ein wenig und fiel wieder auf die Lehne ihres Stuhles zurück.

»Wie schrecklich langweilig«, meinte sie.

»Sind Sie nicht überrascht?«

Die blassen Lippen kräuselten sich.

»Ich kenne Perry seit zweiundvierzig Jahren. Ich glaube kaum, daß Sie mir etwas über sie erzählen könnten, was mich überraschen würde. Sie sieht es nicht gerne, daß ich Fremde hier einquartiert habe. Ich nehme an, sie hoffte, ich würde sie für die Diebstähle verantwortlich machen und Schritte unternehmen, sie loszuwerden. Das würde ihr ähnlich sehen«

»Darf ich fragen, was Sie zu tun beabsichtigen?«

Miß Fane hob ihre fein gezeichneten Brauen.

»Ich werde sie merken lassen, daß ich es weiß. Sie wird es nicht wieder tun. Sie sind sich doch völlig sicher?«

»O ja. Ich habe mit ihr über die Diebstähle gesprochen.«

Miß Fane sagte: »Ich verstehe.« Und dann, ziemlich abrupt: »Heute ist Freitag. Warum haben Sie es mir nicht früher gesagt?«

»Ich wollte Sie nicht beunruhigen, weil Sie doch eine Party für Tanis' Freunde geben wollten. Da sie nur für zwei Tage hier bleiben wollten, hielt ich es für besser, so lange zu warten, bis sie wieder weg waren.«

»Das war sehr rücksichtsvoll.« Die tiefe Stimme klang leicht ironisch.

Miß Silver erhob sich. »Ich tat, was ich für das beste hielt. Doch jetzt, da meine Arbeit hier beendet ist . . .«

Miß Fane unterbrach sie heftig.

»Wer hat gesagt, daß sie beendet ist? Ich bestimmt nicht.«

Miß Silver räusperte sich. »Ich verstehe nicht ganz ...«

Wieder wurde sie unterbrochen.

»O doch – Sie verstehen mich völlig, oder? Glauben Sie etwa, ich unternehme wegen eines kleinen Diebstahls derartige Schritte und bleibe untätig, wenn meine Nichte ermordet worden ist?«

Miß Silver beobachtete Agnes Fane sehr ruhig.

»Die Polizei ...«, begann sie, doch ärgerlich wurde sie unterbrochen.

»Die Polizei! Die tritt doch auf der Stelle und rückt nicht mit der Sprache heraus! Das heißt, da ist gar nichts herauszurücken. Haben Sie den Inspektor gesehen? Wissen Sie, was er mir vor einer halben Stunde mitgeteilt hat?«

»Ich glaube schon.«

Miß Fane starrte sie an.

»Er kam herauf, um mir zu sagen, daß Jeffrey Hazelton unschuldig ist. Er war töricht genug, zu glauben, daß dies für mich eine Erleichterung sei.«

Miß Silver sagte ruhig: »Wenn Sie an das Kind denken, Agnes, sollte es eine Erleichterung sein.«

Über das blasse Gesicht vor ihr zuckte es. Agnes Fane mußte sich sehr beherrschen. Dann sagte sie ruhiger:

»Wir befinden uns in einer schrecklichen Ungewißheit. Ich wünsche, daß Sie für mich den Fall übernehmen.«

Miß Silver sagte ernst:

»Agnes, dies ist ein Mordfall. Ich kann einen solchen Fall nicht übernehmen. Ich kann nur versuchen, die Wahrheit herauszufinden.«

»Das will ich ja. Ich fordere Sie auf, herauszufinden, wer Tanis erschossen hat. Und warum. Sie können mit der Polizei zusammenarbeiten, oder Sie können allein arbeiten. Ich mache Ihnen keinerlei Vorschriften. Ich verlange keine Schonung oder Rücksicht. Ich fordere, daß der Mörder entdeckt ... und bestraft wird.«

Miß Silver sah sie sehr ernst an.

»Haben Sie bedacht, daß der Mörder vielleicht jemand ist, den Sie kennen, mit dem Sie befreundet sind – ja, mit dem Sie sogar verwandtschaftliche Beziehungen verbinden, ein Mitglied Ihres Hauses? Sie alle gehören zu den möglichen Verdächtigen.«

»Ich bin kein Narr. Ich mache keine Einschränkungen. Der Mörder muß gefunden werden. Nehmen Sie an?«

Miß Silver nickte. »Unter diesen Bedingungen, ja.«

Agnes Fane war sichtlich erleichtert.

»Wenn es Perry ist, muß ich ein neues Dienstmädchen finden. Es wäre schrecklich umständlich.«

»Agnes!« Miß Silver erlaubte sich, eine Andeutung von Mißbilligung zu zeigen.

»Und wenn ich es bin«, sagte Agnes Fane immer noch lächelnd, »dann wird sich Perry selbst eine neue Herrin suchen müssen, was für sie genauso umständlich sein wird.«

22

Die Vorhänge in Miß Fanes Arbeitszimmer waren zugezogen. Inspektor March hatte seine Amtsmiene aufgesetzt. Carey Desborough saß ihm ruhig und entspannt gegenüber, soweit es der harte Stuhl erlaubte. March hatte gerade gesagt:

»Soviel ich weiß, waren Sie und Miß Lyle verlobt?«

Die Feststellung entsprach zwar nicht ganz der Wahrheit, aber er wollte sehen, wie Desborough reagierte. Dieser hob jedoch nur unmerklich eine Augenbraue und setzte sich etwas gerader hin.

»O nein, das ist ein Irrtum. Es hat keine Verlobung gegeben.«

Der Inspektor stellte die Frage anders:

»Möchten Sie es vielleicht lieber eine heimliche Verlobung nennen?«

Diesmal runzelte Desborough die Stirn. Das stand ihm sehr gut. Er war ein gutaussehender junger Mann.

Carey sagte: »Ich weiß nicht, woher Sie Ihre Informationen haben. Wir waren nicht offiziell verlobt, und wir waren es auch nicht heimlich. Wir waren nichts als Freunde.«

March schob einen Stapel Papiere zur Seite.

»Meine Information stammt von Miß Fane. Sie sagte mir, daß Sie heimlich verlobt waren, und daß die Verlobung in Kürze bekanntgegeben werden sollte.«

Carey nickte.

»Das habe ich mir gedacht. So hätte sie es gerne gehabt, und wenn sie sich etwas in den Kopf gesetzt hat, muß es auch so sein. In diesem Fall war sie jedoch falsch gewickelt – es hätte nie eine Verlobung gegeben.«

»Wußten Sie, daß Miß Fane so etwas annahm?«

»O ja.«

»Haben Sie irgend etwas unternommen, um das Ganze richtigzustellen?«

»Nein.«

»Warum nicht?«

Wieder hob sich seine rechte Augenbraue.

»Das ist nicht leicht zu beantworten. Ja, also es ist so, ich beauftragte Tanis, es ihr zu sagen.«

»Und was hat Miß Lyle dazu gesagt?«

»Zuerst wollte sie es nicht, aber nachher war sie damit einverstanden.«

»Warum wollte sie es zuerst nicht?«

Carey seufzte. Er wußte, daß dies ein heikles Thema war. Er wollte die Wahrheit sagen, doch wie sagte man die Wahrheit in einer solchen Situation? Er wollte Laura aus dem Spiel lassen. Doch alle seine Pläne hatten schließlich mit Laura zu tun. Endlich sagte er:

»Miß Fane hätte es sehr gern gesehen, daß wir heiraten. Sie verabscheute Tanis' Filmprojekte. Sie wollte, daß Tanis hier wohnen und eine Familie gründen sollte. Tanis war von ihr abhängig. Sie wollte sie nicht vor den Kopf stoßen, aber mit Sicherheit wollte sie weder mich noch irgend jemand anders heiraten. Wenn sie es Miß Fane erzählt hätte, hätte diese sich sehr aufgeregt.«

»Ich glaube nicht, daß Sie mir alles gesagt haben. Sie haben mir zum Beispiel nichts über Ihren Streit mit Miß Lyle am Mittwochabend erzählt.«

»Streit?«

»Am Mittwochabend, so ungefähr um Viertel vor sechs, haben Sie den Salon zusammen mit ihr verlassen und sind in Miß Lyles Wohnzimmer verschwunden, wo, wie man mir sagte, Sie einen heftigen Streit miteinander hatten.«

Carey lehnte sich zurück und steckte seine Hände in die Taschen. Er tat zwar gleichgültig, doch seine Hände ballten sich in den Taschen zu Fäusten. Obwohl er sich sehr beherrschte, stieg ihm die Zornesröte ins Gesicht. Schließlich sagte er mit einem Anflug von Nonchalance:

»Heftig ist ein wenig stark. Ich wollte, daß sie es Miß Fane sagte, und sie wollte nicht – aus den Gründen, die ich Ihnen soeben genannt habe. Wir haben beide ein wenig die Beherrschung verloren, aber ich würde es keinen heftigen Streit nennen.«

»Nein?« March deutete auf das Blatt Papier vor sich. »Laut dieser Aussage war er doch recht heftig.«

»Hat irgend jemand gelauscht? Wer war es?«

»Miß Fanes Dienstmädchen, Perry. Sie kam mit dem Lift herunter und wollte durch Miß Lyles Wohnzimmer in die Halle. Auf jeden Fall befand sie sich im Turmzimmer, als Sie sich unterhielten, und sie scheint eine ganze Menge von dem Gespräch mitbekommen zu haben. Sie sagt, die Tür war nur angelehnt. Sie leugnet nicht, daß sie gelauscht hat. Möchten

Sie hinsichtlich Ihres Verhältnisses zu Miß Lyle noch irgend etwas hinzufügen?«

Carey schob seinen Stuhl zurück und stand auf. Er ging einige Schritte, blieb stehen, drehte um, kam zurück und setzte sich wieder hin. Jetzt war die Zeit zum Reden gekommen. Sein Verstand sagte es ihm. Er begann:

»Also gut, ich erzähle Ihnen alles. Es ist gar nichts dabei, aber wenn jemand gelauscht hat, weiß man nie, wie die Dinge nachher verdreht werden. Ich werde Ihnen die Fakten nennen. Meine Leute und die Fanes waren alte Freunde. Meine Mutter kam oft mit mir hierher. Ich war damals acht oder neun. Tanis und ich waren etwa im gleichen Alter. Meine Mutter starb, und ich kam nicht mehr her. Erst im letzten Sommer sah ich Tanis wieder, danach häufiger. Ich kam, wenn ich Urlaub hatte. Miß Fane war sehr nett zu mir. Das Ende der Geschichte war, daß ich Tanis fragte, ob sie mich heiraten wolle.«

»Und hat sie angenommen?«

Jetzt kam die Schwierigkeit. Er selber war ja der Meinung gewesen, sie hätte ja gesagt. Doch Tanis hatte ihn eine ganze Zeit später eines Besseren belehrt. Er sagte schließlich:

»Ich mußte es annehmen. Später brachte sie mir dann bei, daß ich sie mißverstanden hätte – wir sollten nur gute Freunde sein.«

»Wie lange danach?«

»Im Oktober hatte ich meinen Unfall – ich war einige Monate im Krankenhaus. Als ich herauskam, sagte sie es mir.«

»Und als Sie im Krankenhaus lagen?«

Carey schwieg. Die Bitterkeit jener Zeit stieg wieder in ihm auf.

»Hat sie Sie besucht?«

»Nein.«

»Geschrieben?«

»Nein.«

»Aha . . . Ich verstehe. Und als Sie aus dem Krankenhaus kamen, verlangten Sie eine Erklärung, und es wurde Ihnen zu verstehen gegeben, daß Sie nichts als ein guter Freund seien? Gab es damals Streit?«

»Nein. Wir sahen uns nach wie vor. Ich hatte viel Zeit.«

»Ich verstehe. Perry sagt, sie hörte, wie Miß Lyle behauptete, Sie seien miteinander verlobt. Sie sagt, Sie wollten die Verlobung lösen, aber Miß Lyle wollte Sie nicht freigeben.«

Das mußte ja kommen – er hatte es die ganze Zeit über gewußt.

»Das habe ich vorhin damit gemeint, als ich sagte, die Dinge könnten verdreht werden. An Perrys Stelle würde ich auch jedes Wort beschwören. Der Unterschied ist nur, daß wir es ganz anders meinten. Ich verließ mit Tanis den Salon, weil ich mit ihr reden wollte. Sie hatte mir bisher ganz offen zu verstehen gegeben, daß sie sich keinen Deut um mich scherte, aber es war ihr ganz recht, daß die Tanten dachten, wir wären heimlich miteinander verlobt. Mir paßte das nicht, weil ich mich in jemand anders verliebt hatte – in ihre Kusine, Laura Fane. Und darüber war sie erbost. Sie wollte mich zwar nicht, aber sie gönnte mich auch keiner anderen.«

Randal March warf einen Blick auf Perrys Aussage und wandte sich wieder an Carey:

»Ich glaube, ich lese Ihnen lieber einige Passagen vor: ›Miß Tanis sprach sehr liebevoll zu ihm. Sie nannte ihn Liebling und sagte, sie seien verlobt, ob das etwa nicht stimme und ob er sie nicht lieben wolle. Und er antwortete sehr hart und sagte, sie solle Miß Agnes sagen, daß die Verlobung gelöst sei. Und sie meinte, das sei alles wegen Miß Laura – und daß es ein böser Tag gewesen sei, an dem sie das Haus betreten habe. Es sei genauso wie bei ihrer Mutter, die die Verlobung anderer Leute auf dem Gewissen habe.‹«

March blickte auf.

»Das letzte Stück ist, so vermute ich, Perrys Auslegung der Angelegenheit. Vielleicht sagen Sie mir, wie es war.«

Carey Desborough lächelte. Das Lächeln veränderte sein Gesicht. Einen Augenblick lang schien er sich echt zu amüsieren.

»Wirklich, Fantasie hat sie, das muß ich schon sagen! Es ist nahezu alles wahr – nur alles leicht verdreht. Tanis benutzte diese Worte ziemlich genau, doch sie war dabei nicht liebevoll, sondern sarkastisch. Und ich habe sie ganz sicher nicht aufgefordert, Miß Fane zu erzählen, daß wir die Verlobung gelöst hätten – weil es gar keine Verlobung gegeben hat. Ich bat sie, Miß Fane zu sagen, daß es nie eine gegeben hat.«

March zitierte wieder seine Zeugenaussage.

»›Sie fingen an, sehr hitzig über Miß Laura zu streiten. Miß Tanis sagte, Laura wäre nicht besser als sie, und Mr. Carey fuhr gleich auf und sagte, sie würde eines Tages einmal zu weit gehen.‹ Haben Sie das gesagt?«

Carey nickte.

»Ich sagte irgend so was. Ich erzählte Ihnen ja, daß wir die Beherrschung verloren haben.«

»Und trotzdem war es kein Streit?« Der Tonfall des Inspektors klang leicht ironisch. Er beugte sich wieder über die Aussage. »›Und Miß Tanis sagte: Ich nehme an, du würdest mich gerne umbringen. Und er sagte, daß er nichts lieber täte!‹« Er blickte auf. »Irgendwelche Kommentare dazu?«

Plötzlich ging Carey ein Licht auf. Darauf gingen also all diese idiotischen Fragen hinaus. Mit kühler Stimme sagte er:

»Perry ist nicht gut auf mich zu sprechen – merken Sie das?«

»Haben Sie diese Worte gebraucht?«

»Nicht diese Worte. Soweit ich mich erinnern kann, sagte sie, ob ich sie nicht gerne umbringen wollte, und ich sagte, es wäre mir ein Vergnügen. Es war Sarkasmus auf beiden Seiten – das ist nicht ganz Perrys Kragenweite. Hat sie nicht noch erwähnt, daß ich zurückgekommen bin und wieder einrenken wollte?«

»Nein, das nicht.«

Carey hob die Schultern.

»Nun, ich bin zurückgekommen. Wir waren gute Freunde, und wir hatten auch eine schöne Zeit zusammen – ich sagte auch irgend sowas. Ich wollte nicht mit ihr streiten.«

»Und was hat sie gesagt?«

Wieder stieg Carey das Blut ins Gesicht. Er holte tief Luft, ehe er weitersprach.

»Sie sagte irgend etwas ziemlich Verrücktes. Ich nehme an, Perry hat es bereits zu Protokoll gegeben.«

March las vor, was in der Aussage stand.

»›Miß Tanis stand auf und sagte, er habe zwar die Nerven zum Fliegen verloren, er habe aber immer noch die Nerven, sie so zu behandeln.‹ Ist das korrekt?«

Carey begegnete seinem Blick.

»So etwa. Ich habe allerdings nicht die Nerven verloren. Wenn es soweit ist, werde ich meinen Beruf wieder ausüben wie bisher. Als sie das sagte, erwiderte ich, das sei genug, und ich ging.«

Randal March legte das Protokoll auf den Tisch und meinte trocken: »Perry hat das bestätigt.«

Insgeheim dachte er, daß eine Frau mit einem so losen Mundwerk wie Tanis Lyle sehr leicht ermordet werden konnte und daß es für Carey Desborough gut war, daß sein Streit mit ihr am frühen Abend des Mittwoch stattgefunden hatte und nicht in der Mordnacht. Er hätte wirklich sehr rachsüchtig sein müssen, wenn er zwanzig Stunden lang gewartet und die Frau dann in den Rücken geschossen hätte. Es sei denn, er war wieder von ihr provoziert worden. Er warf Carey einen nachdenklichen Blick zu und sagte:

»Ich fürchte, ich kann Ihre Ansicht über dieses Gespräch nicht teilen. Meiner Meinung nach war es nicht nur sarkastisch gemeint. Ihrer eigenen Darstellung zufolge scheint es mir eher ein Streit gewesen zu sein, und dazu noch ein sehr ernster.«

Carey lächelte wieder mit entwaffnender Offenheit.

»Nun, vielleicht war es das. Aber es bedeutete nicht viel, weil ...« Er zögerte und blickte den Inspektor entschuldigend an. »Sie wissen, daß ich nicht gern solche Dinge von Tanis sage, aber ich glaube, sie müssen gesagt werden. Für Tanis bedeutete ein solcher Streit nichts, weil keinerlei Gefühle mit im Spiel waren. Sie sah darin lediglich die Möglichkeit, etwas zu erreichen, was in ihrem Sinne war. Und sie wollte einen bestmöglichen Handel abschließen.«

March wartete gespannt, was jetzt kam. Und er war nicht wenig erstaunt.

»In jener Nacht suchte Tanis Laura in ihrem Zimmer auf und bot ihr ein Geschäft an. Sie würde die Dinge mit Miß Fane alle ins Lot bringen und ihren Segen zu unserer Verlobung geben, wenn Laura versprechen würde, die Propstei nicht zu verkaufen.«

»Nicht verkaufen!«

»Ja, sie wollte hier nicht angehängt sein – sie wollte frei sein. Aber sie könnte es sich nicht leisten, Miß Fane vor den Kopf zu stoßen.«

March hörte interessiert zu.

»Und was hat Miß Laura gesagt?«

»Der Vorschlag hat ihr gar nicht gefallen. Sie hatte sich zwar noch nicht entschlossen zu verkaufen, aber sie wollte hinter Miß Fanes Rücken auch kein Geschäft machen. Sie ist der ehrlichste Mensch, den ich kenne.«

Randal March sah Miß Laura Fanes aufrichtige Augen vor sich.

Carey fuhr fort: »Sie sagte, sie müßte es besprechen – mit mir. Gut, wir redeten darüber, aber wir waren noch zu keinem Entschluß gekommen. Sie sollen wissen, daß wir beide mit

Tanis an jenem letzten Tag im besten Einvernehmen waren – jedermann wird Ihnen das bestätigen. Ich tanzte am Abend mit ihr, und sie meinte, wir sollten Freunde bleiben und sie wolle Miß Fane sagen, daß es keine Verlobung gebe.«

March schaute ihn an.

»Das war gestern abend – wenige Stunden vor dem Mord.«

Carey sagte: »Ja.«

»Sie waren in gutem Einvernehmen mit ihr, als sie sich trennten – als sie gute Nacht sagten?«

Carey begegnete dem Blick ruhig.

»Ja – und jeder wird Ihnen das bestätigen.«

»Sie sagten Miß Lyle in Gegenwart anderer gute Nacht?«

»Ja.«

»Haben Sie sie danach noch einmal gesprochen?«

»Nein.« Carey zögerte nicht im geringsten.

»Haben Sie sie in dieser Nacht noch einmal gesehen?«

Diesmal schwieg er lange. Dann sagte Carey Desborough schließlich:

»Ja.«

23

Einige Zeit später wurde Carey zum Telefon gerufen. Es war eine weibliche Stimme, die ihren Namen nannte. Sie war jedoch so undeutlich, daß er einen Augenblick brauchte, bis er merkte, daß es Sylvia Madison war.

»Oh, Carey, bist du dran?«

»Ja, großer Gott, Sylvia – was ist los?«

Die Stimme wurde wieder leise und undeutlich.

»Carey – ich – ich habe solche Angst.«

»Was ist denn los, Sylvia?«

Sie schluchzte.

»Es ist wegen Tim – er ist schon seit Stunden weg und noch nicht zurückgekommen. Ich habe solche Angst.«

Er erinnerte sich nur noch zu deutlich an Tim Madison, dem sie draußen auf dem Feld begegnet waren. Wie lange war das her? Drei Stunden – dreieinhalb? Aber das spielte ja keine Rolle, sein Gesichtsausdruck war viel wichtiger gewesen. Er sagte:

»Ja – ich habe ihn gesehen. Er sah so aus, als habe er einen langen Spaziergang vor. Ich würde mir an deiner Stelle keine Sorgen machen, Sylvia.«

Sie atmete ein wenig auf und meinte dann: »Oh!« Und dann: »Hat er mit dir gesprochen?«

Carey versuchte seine Stimme so gleichgültig wie möglich klingen zu lassen.

»O nein. Er war ziemlich weit weg. Laura und ich waren schon auf dem Rückweg. Wir haben nicht miteinander geredet.«

Sylvias Stimme klang wieder weinerlich.

»Er spricht überhaupt nichts mehr. Ich – ich habe Angst. Er sitzt nur da und starrt in die Ferne und sagt kein Wort. Und jetzt ist er schon Stunden weg.«

»Hör zu, Sylvia, reg dich nicht auf. Was immer auch mit ihm los ist, es ist ganz gut, wenn er ein wenig spazierengeht und sich abreagiert, er wird dann wie ein Lamm nach Hause kommen. Weißt du was, ich rufe dich um halb neun an, und wenn bis dahin nicht alles in Ordnung ist, komm ich rüber. Soll ich Laura mitbringen?«

»O nein, das heißt, ich habe sie schrecklich gern, aber – nun ja, vielleicht ist es doch besser. Tim denkt sonst vielleicht – oh, ich weiß einfach nicht, was ich tun soll, Carey, vielleicht solltest du gar nicht kommen – aber tu, was du für richtig hältst.« Sie hörte sich völlig hilflos und zerstreut an.

Wenn Tim Madison seinen unangemeldeten Besuch vielleicht falsch auffassen und wegen Sylvia auch noch eifersüchtig würde, müßte er vollends wahnsinnig werden, dachte Carey bei sich. »Ich werde Laura mitbringen.«

Als er wieder anrief, hörte er, daß Tim gerade eben heimgekommen sei. Leise flüsterte Sylvia:

»Es ist gut, komm ein andermal mit Laura. Gute Nacht.«

Er war erleichtert, obwohl er sich auf den Spaziergang mit Laura schon gefreut hatte. Dafür stand ihnen jetzt ein schrecklich langweiliger Abend bevor. Alistair wäre wieder schlechter Laune, Robin würde lesen und Petra wieder zuviel reden.

Miß Fane und Miß Adams erschienen am nächsten Tag nicht zum Frühstück, doch im Lauf des Vormittags kamen beide herunter und nahmen ihre üblichen Tätigkeiten wieder auf. Miß Fane fuhr mit ihrem Rollstuhl in den Nordflügel, wo sie mit Mrs. Dean die üblichen Dinge besprach.

Als sie zurückkam, fand sie Miß Silver Zeitung lesend vor. »Wo ist Lucy? Ich hoffe, sie ist unten. Je länger sie sich abkapselt, desto schwerer wird es für sie sein, wieder zum normalen Leben zurückzufinden.«

Miß Silver stimmte zu.

»Das ist nur zu wahr. Aber Sie müssen ihr ein wenig Zeit lassen, Agnes. Soviel ich weiß, ist sie sowieso unten. Sie muß beim Inspektor sein, er wollte mit ihr reden.«

Mit diesen Worten faltete sie die *Times* zusammen und bot sie Agnes zum Lesen an. Kurz darauf ging die Tür auf, und Lucy Adams betrat das Zimmer. Wie ihre Kusine war auch sie ganz in Schwarz gekleidet. Man sah ihr an, daß sie geweint hatte, aber sie machte einen gefaßten Eindruck. Miß Silver hatte das plötzliche Gefühl, als lese sie in ihrem Gesicht so etwas wie Triumph.

»Meine liebe Maud, was für ein entzückender Mensch dein Freund ist – dieser Polizeiinspektor! Wie man sich nur so einen schrecklichen Beruf aussuchen kann – aber er ist wirklich ein sehr charmanter Mann. Meinst du nicht auch, Agnes?«

Miß Fane hob ihre Augen nur einen kurzen Augenblick von der Zeitung.

»Ich habe nicht den geringsten Zweifel, daß er ein tüchtiger Beamter ist«, bemerkte sie knapp und widmete sich wieder ihrer *Times.*

Miß Silver setzte sich ruckartig aufrecht hin. In ihre Wangen stieg ein Hauch von Röte. Sie preßte die Lippen fest aufeinander und schwieg. Wortlos erhob sie sich und verließ das Zimmer. Vor der halboffenen Tür des Arbeitszimmers stand der charmante Mann und tüchtige Beamte, von dem gerade die Rede gewesen war. Miß Silver ging zu ihm hinüber.

»Ich hatte mir gerade überlegt, wo ich Sie erwischen könnte. Kommen Sie herein und hören Sie mich an. Ich muß Ihnen eine ganze Menge erzählen.«

24

Miß Silver hatte keine Eile. Sie nahm Platz, doch sie blieb sehr aufrecht sitzen.

»Wirklich, Agnes Fane kann sehr ungehobelt sein.«

Randal March konnte sich ein Lachen nicht verkneifen und rief belustigt:

»Was ist – hat sie sich über mich lustig gemacht?«

Miß Silver ging nicht darauf ein. Sie öffnete ihren Strickkorb und holte ihre Nadeln heraus.

»Lucy hält Sie für einen äußerst charmanten Menschen, mein lieber Randal.«

Er machte ein verschmitztes Gesicht.

»Es gibt Menschen, denen ich lieber gefallen würde. Aber sie tut mir leid, das arme Ding. Und jetzt hören Sie zu. Der

Ballistikexperte sagt, es bestehe keinerlei Zweifel daran, daß die Kugel in Tanis Lyles Körper aus der Pistole stammt, die man in der offenen Schublade in ihrem Schreibtisch gefunden hat. Der medizinische Gutachter hat außerdem festgestellt, daß sie aus einer Entfernung von nicht mehr als einem Meter gerade abgefeuert wurde und daß der Tod auf der Stelle eingetreten sein muß. Sie verstehen, was das bedeutet – sie wurde erschossen, als sie oben auf der Treppe stand, die in die Kirche hinunterführt. Hätte sie auf einer der unteren Stufen gestanden, wäre das Geschoß in einem Winkel in sie eingedrungen. Sie hatte wohl die Tür aufgemacht und schaute gerade hinaus. Sie kann vom Lift oder vom Salon oder von der Türschwelle ihres Wohnzimmers aus erschossen worden sein. Es kommt ganz darauf an, in welche Richtung sie schaute.«

Miß Silver strickte schweigend. Schließlich sagte sie:

»Warum muß die Tür unbedingt offen gewesen sein?«

»Ich denke, sie hat sie selber geöffnet?«

»Wahrscheinlich. Aber warum?«

»Die logische Antwort wäre, daß sie irgend jemand erwartete.«

Sie nickte.

»Und dann?«

»Ich weiß es nicht. Jemand näherte sich ihr von hinten und erschoß sie. Ich weiß nicht, wer es war.«

Miß Silver runzelte die Stirn.

»Sie ging hinunter, um irgend jemanden in ihrem Wohnzimmer zu empfangen – das meinen Sie doch, oder? Und irgend jemand anders kam durch ihr Wohnzimmer und erschoß sie von hinten?«

March nickte.

»Durch das Wohnzimmer oder den Salon oder vom Lift her. Ich glaube allerdings nicht, daß der Mörder vom Salon her kam – die Tür war geschlossen, und die Türklinke wurde nicht abgewischt.«

Miß Silver schüttelte den Kopf.

»Sie hätte den Lift kommen hören müssen. Was ist mit der Türklinke am Lift?«

»Voll mit Perrys Fingerabdrücken. Sie kam mit dem Lift nach unten, sobald Alarm gegeben wurde.«

»Und die Tür zum Wohnzimmer?«

»Von außen, von der Halle her, wurden Deans Fingerabdrücke festgestellt. Zum Glück hat er die Klinke von innen oder die Tür zwischen Miß Lyles Wohnzimmer und dem Turmzimmer von innen nicht berührt, genausowenig die Eichentür, die in die Kirche führt. Die innere Türklinke ist abgerieben worden. Die anderen beiden wurden nicht abgewischt. Auf beiden sind Miß Lyles Fingerabdrücke. Bei der Schreibtischschublade das gleiche. Der Mörder hat also vermutlich die Pistole und die Klinke der Wohnzimmertür innen abgewischt. Stellen Sie sich vor: Sie kommt in ihrem Pyjama und ihrem Morgenmantel herunter.«

Miß Silver hüstelte. »Sie reden nur von der Treppe, Randal, aber sie kann genausogut den Lift benutzt haben. Obwohl es unwahrscheinlich ist, da selbst der bestgeölte Aufzug ein Geräusch von sich geben würde.«

»Sie benutzte die Treppe«, sagte Randal March. »Desborough hat sie gesehen.«

Miß Silver hätte vor Überraschung beinahe eine Masche fallen lassen. Schließlich sagte sie:

»Das ist ja interessant!«

»Ja, das finde ich auch. Aber ich sagte Ihnen ja, daß ich einiges auf Lager habe. Desborough sagt, daß er wegen des Sturmes nicht schlafen konnte und daß er noch gelesen habe. Als er mit dem Buch fertig war, wollte er nach unten gehen und sich ein anderes holen. Als er auf die Galerie trat, von der aus man die Halle überblicken kann, sah er Tanis Lyle auf der untersten Stufe der Treppe stehen. In der Halle brennt die ganze Nacht über ein schwaches Licht, und so konnte er sie einwandfrei erkennen. Sie hatte ihren schwarzen Hausmantel an. Sie ging durch die Halle, öffnete die Tür zu ihrem Wohnzimmer und ging hinein. Das will ich ihm noch glauben – er hätte wohl keinen Grund gehabt, mich zu belügen. Doch jetzt wird es kritisch. Er behauptet, nicht weitergegangen zu sein. Er habe ihr nicht begegnen wollen. Also gab er die Idee, ein neues Buch zu holen, auf, und ging zurück in sein Zimmer. Er sah auf die Uhr, es soll fünf Minuten vor zwei gewesen sein.«

Miß Silver sagte: »Das ist allerdings sehr interessant. Ich glaube ihm, daß er wieder zurückgegangen ist in sein Zimmer. Hätte er irgend etwas zu verbergen gehabt, würde er die ganze Geschichte ja wohl nicht erzählt haben. Ich habe eher den Eindruck, daß er aus gutem Grund ein Zusammentreffen mit Tanis zu einer so zweifelhaften Stunde vermeiden wollte.«

March warf ihr einen Blick zu.

»Allerdings«, stimmte er zu, »und wir wissen, warum. Aber es kann andere Gründe gegeben haben, die ihn zu einem Gespräch mit ihr bewogen. Er behauptet ja, sie hätten sich versöhnt. Ich weiß nicht, ob ich Ihnen davon erzählt habe. Am Donnerstagabend hat er sich angeblich mit ihr wieder vertragen. Sie soll ihm versprochen haben, Miß Fane zu sagen, daß es keine Verlobung geben würde und so weiter. Aber, wie gesagt, wir haben nur sein Wort. Eine Frau wie Tanis Lyle würde während ihrer Party keinen offenen Streit riskieren. Als perfekte Gastgeberin hat sie vielleicht mit ihm getanzt. Deswegen kann sie trotzdem ihm oder Laura Fane gedroht haben. Perry hörte, wie sie irgend so etwas sagte wie: deine Laura wird sich noch wundern. Übrigens, hier ist ihre Aussage. Sie lesen sie wohl besser selbst.«

Miß Silver nahm ihm das Blatt Papier aus der Hand, überflog es und legte es mit einem Ausdruck von Verachtung auf den Tisch. »Die Art von Zeugin, die einem die unschuldigste Bemerkung im Mund herumdrehen würde«, war ihr einziger Kommentar.

»Warum sollte sie Carey Desborough eins auswischen wollen?«

Miß Silver schüttelte den Kopf.

»Nicht Carey Desborough, Randal – Laura Fane!«

»Aber warum?«

»Sie ist seit einundvierzig Jahren bei Agnes. Sie war schon bei ihr, als Lauras Vater seine Verlobung löste und Lilian Ferrers heiratete. Die Situation jetzt sieht genauso aus wie diese unglückselige Affäre damals – Perry sieht in Laura eine zweite Lilian. Sie haßt sie. Ich glaube kaum, daß Perry eine zuverlässige Zeugin ist.«

»Nein«, stimmte er schließlich zu. »Aber Desborough gibt doch eine ganze Menge davon zu, was in ihrer Zeugenaussage steht. Sie stritten wirklich, und er drängte sie, Miß Fane zu sagen, daß sie sich nicht verloben wollten. Sie nannte ihn tatsächlich Liebling und forderte ihn auf, sie zu lieben. Er behauptet, daß dies sarkastisch gemeint sei und über Perrys Horizont hinausgehe.«

»Das ist allerdings mehr als wahrscheinlich. Tanis Lyle hatte eine zynische, sarkastische Art.«

Randal March machte eine wegwerfende Handbewegung.

»Da haben wir es. So ist es mit allem. Er gibt zu, daß er gesagt habe, er würde sie gern umbringen, aber er behauptet, daß es keine Drohung, sondern rein sarkastisch gemeint war.«

»Ich nehme an, er hätte ihr gerne den Hals umgedreht«, sagte Miß Silver ruhig. »Laut Perry hat sie ihn ziemlich provoziert. Nachdem er sich zu dem Zeitpunkt jedoch zurückhielt, kann ich kaum glauben, daß er vierundzwanzig Stunden später mitten in der Nacht nach unten ging und sie in den Rücken schoß. Das wäre ja ein vorsätzlicher Mord und . . .«

Er unterbrach sie.

»Nicht unbedingt, nein, überhaupt nicht. Er gibt zu, er habe sie nach unten gehen sehen. Angenommen, er ist ihr gefolgt und hat wieder mit dieser Verlobungsgeschichte angefangen – der alte Streit flammte auf. Sie hatte ein sehr loses Mundwerk, das wissen Sie ja. Noch so eine Bemerkung von ihr – und er geriet vielleicht außer sich.«

»Das würde mich nicht überraschen.«

»Mich auch nicht«, sagte er. »Es hätte also so gewesen sein können.«

»Mein lieber Randal!« In ihrer Stimme lag ein leiser Tadel.

»Und warum nicht?«

»Die Tür«, sagte Miß Silver mehr besorgt als ärgerlich, »die Tür zur Kirche. Wenn sie sich wirklich mit Mr. Desborough gestritten hat, warum soll sie dann diese Tür geöffnet und auf der obersten Stufe der Treppe mit dem Rücken zu ihm gestanden haben?«

Er runzelte nachdenklich die Stirn.

»Das verstehe ich auch nicht.«

Die Stricknadeln klapperten.

»Ich auch nicht.«

»Aber weder Sie noch ich sind allwissend. Wir können einfach nicht an alles denken.«

Miß Silver preßte die Lippen aufeinander. Es stand ihr wohl nicht an, einen Mann mit sechsunddreißig Jahren zu tadeln, doch sie hielt die Verwendung des Wortes allwissend für leicht überheblich. Sie sagte jedoch nichts und hoffte, daß ihr Schweigen für sich sprechen würde.

Randal March brach es schließlich.

»Da ist noch etwas«, sagte er. »Deswegen hatte ich Sie auch hereingerufen. Sie wissen, daß ich gerade mit Miß Adams gesprochen habe. Nun, sie hat eine Aussage gemacht, die Laura Fane angeht.«

Miß Silver sagte nichts. Ihre Lippen blieben aufeinandergepreßt.

March fügte schnell hinzu:

»Oh, ich wußte, daß Ihnen das gar nicht recht sein würde

– aber es ist nun einmal so. Ich muß das Mädchen sprechen, und ich hätte Sie gerne dabei, wenn sie nichts dagegen hat. Meinen Sie, daß es ihr etwas ausmacht?«

Miß Silver sagte: »Nein.« Das war alles.

Sie blieben schweigend sitzen, nachdem er geläutet hatte. Florrie Mumford, ein Dienstmädchen, kam herein – ein dunkeläugiges Mädchen mit verschlossenem Gesicht. Sie wurde beauftragt, Miß Laura Fane zu bitten, ins Arbeitszimmer zu kommen. Kurz darauf klopfte es, und Laura Fane betrat in dem schwarzen Kleid, das Agnes Fane ihr gegeben hatte, das Arbeitszimmer.

March sagte: »Setzen Sie sich bitte.« Und dann: »Ich möchte Ihnen einige Fragen stellen, Miß Fane, und wenn Sie nichts dagegen haben, wird Miß Silver dabeisein. Sie sind nicht verpflichtet, meine Fragen zu beantworten, und Sie können ablehnen, wenn Sie nicht wollen, daß Miß Silver anwesend ist – es steht Ihnen völlig frei.«

Laura stand noch immer vor der Tür, die sie hinter sich geschlossen hatte. Sie sah blaß und übernächtig aus.

»Oh, sie kann gern dabeisein. Und ich werde Ihnen alles sagen, was ich weiß.«

»Miß Fane, haben Sie Ihr Zimmer irgendwann in der Nacht, als der Mord begangen wurde, verlassen?«

Sie sah ihn mit ihren schönen, offenen Augen an und sagte einfach: »Ja.«

»Wollen Sie mir das näher erklären?«

»Ja. Ich wachte auf und erinnerte mich daran, daß ich meinen chinesischen Schal nicht mit hinaufgenommen hatte. Ich ging nach unten, um ihn zu holen.«

»Mitten in der Nacht?«

Irgend etwas an seinem Ton trieb ihr das Blut in die Wangen.

»Ich weiß – es klingt dumm. Aber ich konnte nicht wieder einschlafen. Ich mußte immer wieder darüber nachdenken, wo ich ihn gelassen hatte, und dann fiel es mir ein, und ich ging hinunter.«

Miß Silver strickte unentwegt, doch sie beobachtete die beiden dabei.

»Und wo haben Sie ihn gelassen?« fragte Randal March.

»Unten auf dem Pfosten des Treppengeländers.«

Er stellte ihr blitzschnell die Frage, ob auf der rechten oder linken Seite. Doch sie zögerte keine Sekunde mit ihrer Antwort.

»Rechts, wenn man nach unten geht.«

Er warf einen Blick auf die Zeugenaussage in seiner Hand.

»Sie gingen also hinunter, holten den Schal und gingen wieder hinauf.«

Sie schüttelte den Kopf.

»Nein, ich habe ihn nicht geholt. Er war nicht da.«

Irgendwie war er erleichtert. Einen Augenblick lang hatte er geglaubt, sie würde lügen und ihm dabei mit offenen Augen ins Gesicht blicken. Denn Lucy Adams hatte ausgesagt, daß Laura Fane um drei Uhr morgens in ihr Zimmer zurückgekehrt sei und daß sie nichts bei sich gehabt habe. Er sagte langsam:

»Dann war der Schal also nicht da ...«

»Nein, er war nicht da.«

»Aber Sie haben weiter nach ihm gesucht ...«

»Ja ... in der Halle und im Salon.«

»War er nirgendwo?«

»Nein.«

»Nicht in Miß Lyles Wohnzimmer?«

Alle Farbe wich aus ihrem Gesicht, doch die Augen blickten ihn weiterhin fest an. Sie dachte: Wenn ich das getan hätte, wäre ich vor die offene Tür gekommen – und hätte Tanis gefunden – tot ...

Er sah, wie sie zitterte.

»Nein, ich bin nicht hineingegangen. Ich dachte – wie

fürchterlich, wenn ich es getan hätte –, ich hätte sie dann ja gefunden ...«

Es war entwaffnend, doch er durfte sich nicht täuschen lassen. Er fügte schnell hinzu:

»Woher wissen Sie, daß Sie sie dann gefunden hätten? Wieviel Uhr war es?«

Sie war nicht erschrocken, sie war erstaunt.

»Die Uhr schlug, als ich hinaufging. Ich glaube, sie schlug dreimal.«

»Woher wollen Sie dann wissen, daß der Mord bereits stattgefunden hatte? Woher wissen Sie, daß Miß Lyle bereits tot war?«

»Ich nehme es nur an, ich weiß es nicht. Ich habe darüber nicht nachgedacht, aber – gut, ich nehme an, wir glauben alle, daß es früher gewesen sein muß ...« Ihre Stimme wurde leiser.

March sagte:

»Aha, so ist das. Sie sind also ganz bestimmt nicht in Miß Lyles Wohnzimmer gegangen?«

»Nein, bestimmt nicht.«

»Sie haben die Tür nicht von der Halle aus geöffnet?«

»Oh, nein.«

»Oder die Tür zwischen dem Salon und dem Turmzimmer? Sie waren doch im Salon, oder?«

»Ja, ich war im Salon. Aber ich habe die Tür nicht aufgemacht.«

»Warum nicht?«

Sie schaute ihn erstaunt an.

»Warum hätte ich sie öffnen sollen? Ich war auf der Suche nach meinem Schal. Ich glaubte, ihn in der Halle vergessen zu haben, vielleicht auch im Salon. Mir kam überhaupt nicht die Idee, woanders zu suchen.«

Er lehnte sich in seinem Stuhl zurück.

»Sie sagten, Sie waren der Meinung, den Schal auf den

Pfosten gehängt und vergessen zu haben. Wo ist er nun wirklich geblieben? Wo hat man ihn gefunden?«

Laura beugte sich vor. Farbe kam in ihr Gesicht, und ihre Stimme wurde ein wenig lauter, als sie sagte:

»Ich habe ihn auf dem Pfosten hängenlassen – ich bin ganz sicher. Aber bis jetzt habe ich ihn noch nicht gefunden.«

»Was?«

Miß Silvers Augen bekamen einen sehr aufmerksamen Ausdruck.

Laura wiederholte ihre Worte.

»Bis jetzt habe ich ihn noch nicht gefunden.«

25

Als sie wieder allein waren, drehte sich March in seinem Stuhl um und sagte abrupt:

»Nun?«

In der ganzen Zeit, in der Laura im Zimmer gewesen war, hatte Miß Silver friedlich vor sich hin gestrickt. Die Nadeln hatten ohne Unterbrechung geklappert, doch Miß Silvers Lippen hatten nicht ein einziges Wort hervorgebracht. Aber nun fing sie an zu reden:

»Was soll ich dazu sagen, mein lieber Randal?«

Er lächelte.

»Was halten Sie davon?«

Wie gewöhnlich räusperte sie sich kurz.

»In diesem Fall möchte ich lieber zuerst von Ihnen hören, was Sie dazu meinen.«

Sein Lächeln wurde nachdenklich.

»Sie ist entwaffnend. Man könnte sogar sagen, die Aufrichtigkeit in Person, wenn es nicht um diese gräßliche Sache ginge. Erinnern Sie sich an den Fall Milly Morrison?«

»Mein lieber Randal, jede Frau hätte Milly mit einem Blick durchschaut.«

»Sie war ein hübsches Mädchen.« In seiner Stimme klang Bedauern mit.

»Und außerdem war sie sehr hinterhältig«, sagte Miß Silver. Sie holte ein neues Wollknäuel aus ihrem Korb. »Männer sind völlig unfähig, einer jungen Frau, die große blaue Augen hat, auch nur irgend etwas Schlechtes zuzutrauen. Wenn Laura Fanes Augen blau wären, würden Sie sie jetzt nicht verdächtigen.«

Er lachte.

»Oh, sie hat wundervolle Augen – zugegeben. Augen, denen man leicht vertrauen kann. Doch da wären wir wieder soweit, es gibt da einfach einige unangenehme Dinge. Desborough und sein Streit mit Tanis Lyle – ein Streit, der ihn dazu trieb, ihr mit Mord zu drohen. Dann kommt noch hinzu, daß er zugegeben hat, ihr in jener Nacht kurz vor zwei gefolgt zu sein. Wenn er der Mörder nicht wäre, müßte er der letzte gewesen sein, der sie lebend gesehen hat. Ich halte ihn für den Mörder. Wir wissen nicht, welcher Art ihre Beziehung wirklich war. Wir wissen nur, daß er ihr Verhältnis beenden wollte, um Laura Fane zu heiraten. Vorher, als Sie mich fragten, ob ich mir irgendeinen Grund vorstellen könnte, weshalb sie die Tür zur Kirche geöffnet haben könnte, sagte ich nein. Es war dumm von mir, denn es gibt einen Grund. Er drohte ihr mit der Pistole, sie hatte den Kopf verloren und versuchte, zu entkommen.«

»Wenn Sie Tanis Lyle an jenem Abend gesehen hätten, als sie wirklich mit der Pistole bedroht wurde, könnten Sie das keine Sekunde glauben. Es ist völlig absurd. Sie wäre ohne mit der Wimper zu zucken stehengeblieben.«

Er sagte: »Man kann so etwas nie sagen – die Leute verlieren ganz plötzlich die Nerven – ich habe das schon oft erlebt. Aber das sind ja alles nur Vermutungen. Dies hier« – er nahm einen Briefumschlag aus der Schublade und reichte ihn ihr –, »dies hier ist Beweis genug.«

Miß Silver hatte die Strickarbeit in den Schoß gelegt. Sie öffnete das Kuvert und nahm ein gefaltetes Stück Papier heraus. Es enthielt eine Reihe schwarzer Seidenfäden. Sie sahen reichlich mitgenommen aus. Wortlos gab sie ihm den Umschlag zurück. Er sagte: »Diese Fäden fand man in Tanis Lyles linker Hand. Die Flecken sind Blut. Was meinen Sie dazu?«

Miß Silver schwieg lange Zeit. Dann sagte sie schließlich:

»Was meinen Sie denn dazu?«

»Eine ganze Menge«, sagte er. »Die Seidenfäden ... Meine Mutter hat auch so einen chinesischen Schal ...«

Miß Silver nickte.

»O ja, ich erinnere mich. Aber ihrer ist ganz weiß – ein wunderschöner Schal.«

»Ja, er hat ringsherum lange Fransen, etwa so lang wie diese hier. Aber wie Sie schon sagten, der Schal meiner Mutter ist weiß. Laura Fanes Schal hat wohl eine andere Farbe. Können Sie ihn mir beschreiben?«

Ihre Nadeln klapperten wieder.

»O ja. Er ist schwarz und hat wunderschöne Stickereien mit farbigen Blumen und Schmetterlingen.«

»Und schwarze Fransen, die etwa so lang wie diese hier sind?«

»Ja, Randal!«

Mit einem Anflug von Verzweiflung hob er die Hand.

»Sie können gewisse Tatsachen nicht leugnen, nur weil sie eine Vorliebe für Desborough und Laura Fane haben! Desborough war nicht in seinem Zimmer, das Mädchen ebensowenig. Sie waren um die Zeit unten, als der Mord begangen worden sein muß. Man hat Fransen ihres Schals in der Hand der Ermordeten gefunden. Sie weisen Blutspuren auf. Und der Schal selbst ist verschwunden. Warum? Die Antwort liegt auf der Hand: Der ganze Schal war voller Blut und mußte infolgedessen verschwinden.«

»Und wie, glauben Sie, wurde er mit Blut befleckt?«

»Sie dürfen nicht denken, daß ich von Desboroughs oder von Laura Fanes Schuld überzeugt bin. Ich behaupte nur, daß sie es gewesen sein könnten. Sie hatten ein Motiv, und sie hatten die Gelegenheit. Und diese Fransen von dem fehlenden Schal und die Tatsache, daß der Schal verschwunden ist, sind schwerwiegende Beweise. Sie fragen mich, wie es kam, daß der Schal Blutflecken bekam. Nun, ich denke, die Antwort ist leicht. Die drei streiten sich. Laura Fane wollte vielleicht vermitteln. Es kann zum Streit gekommen sein, in dessen Verlauf diese Fäden ausgerissen wurden. Sie blieben an dem Ring hängen, den Miß Lyle trug. Sie bekommt es mit der Angst zu tun und rennt zur Tür, die in die Kirche führt. Desborough erschießt sie, und sie fällt, wie wir wissen, von der obersten Stufe nach unten. Laura Fane ist völlig entsetzt. Sie rennt die Treppe hinunter, kniet neben der Toten nieder – irgend jemand kniete neben ihr – das Gras war völlig zusammengedrückt. Als sie sieht, daß Miß Lyle tot ist, geht sie zurück. Sie hat jetzt nur noch den einen Gedanken, Desborough zu retten. Sie wischen die Pistole ab und legen sie zurück in die Schublade. Sie reiben den Türgriff der Wohnzimmertür von innen ab – wahrscheinlich auch den äußeren, weil darauf nur Deans Fingerabdrücke zu sehen sind. Dann merkt einer von ihnen, daß der Schal blutbefleckt ist. Was tun sie dann? Aller Wahrscheinlichkeit nach haben sie ihn im Kamin verbrannt, in diesem Fall haben wir kein Beweisstück, obwohl das Fehlen des Schals schon für sich spricht. Laura Fane ist in ihr Zimmer zurückgekehrt, Desborough hat die Spuren des vorausgegangenen Kampfes beseitigt. Mit Sicherheit wissen wir, daß sie den Schal weder trug noch in der Hand hatte, als sie in ihr Zimmer zurückging. Sie sagte es selbst und Miß Adams ebenso ...«

Miß Silver unterbrach ihn, was sie sonst nie tat. Sie tat es jedoch ruhig und überlegt:

»O ja, darf ich hören, was Lucy dazu zu sagen hat? Es würde mich sehr interessieren.«

Er sagte: »Natürlich. Es ist ganz kurz ... aha, hier ist es schon. Ich werde es Ihnen vorlesen:

›Es war eine so schrecklich stürmische Nacht, daß ich nicht schlafen konnte. Immer wieder wachte ich auf.‹« Randal lächelte ein wenig. »Sie hat noch einiges mehr gesagt, aber ich habe das meiste gestrichen.«

»Lucy hat schon immer zuviel über ihre eigenen Gefühle nachgedacht«, sagte Miß Silver.

Randal March las weiter:

»›Nein, nein, nein – ich habe keinen Schuß gehört, nur diesen gräßlichen Sturm. Ich wurde so nervös, daß ich nicht im Bett bleiben konnte, ich stand auf und ging im Zimmer auf und ab.‹« Wieder blickte der Inspektor auf. »Hier wurde sie wieder sehr ausführlich. Sie sagte, daß sie nach einiger Zeit die Tür aufgemacht und zur Abwechslung den Korridor auf und ab gegangen sei.«

»Lucy hat sich sehr schlecht unter Kontrolle«, bemerkte Miß Silver.

March beugte sich wieder über die Aussage.

»Dann geht es weiter. Sie sagte aus: ›Ich öffnete die Tür und hörte jemanden von der Treppe herkommen. Schnell zog ich die Tür wieder zu, ließ sie aber einen Spalt weit auf, weil ich sehen wollte, wer kam. Ich knipste das Licht in meinem Zimmer aus, weil ich nicht gesehen werden wollte.‹«

»Lucy ist ein altes Waschweib«, murmelte Miß Silver.

Er war nahe daran, in Lachen auszubrechen. Doch das hätte sie ihm wohl nie verziehen. Daher las er hastig weiter:

»›Ich sah Laura Fane kommen. Am Ende des Korridors brennt nachts immer ein schwaches Licht, und so konnte ich sie gut erkennen.‹«

Miß Silver räusperte sich.

»Die Birne ist fünfzehn Watt stark, und der Korridor ist fast fünfzehn Meter lang. Die Entfernung zwischen dem Licht und Lucys Tür beträgt also etwa zehn Meter.«

Er murmelte: »Sie sind wie immer sehr genau.« Dann las er weiter.

»›Lauras Zimmertür befindet sich fast genau gegenüber der meinen. Sie kam durch den Flur und ging in ihr Zimmer. Sie trug einen Schlafanzug und darüber den Morgenmantel. Sie hatte Hausschuhe an. Sie hatte weder eine Kerze noch ein Buch oder sonst etwas dabei. Ich konnte mir nicht vorstellen, weshalb sie ihr Zimmer verlassen hatte, es sei denn, sie hätte sich mit Mr. Desborough getroffen. Dieser Gedanke entsetzte mich. Sie ging in ihr Zimmer und schloß die Tür. Ich war so durcheinander, daß an Schlaf nicht mehr zu denken war.‹«

Miß Silvers Lippen waren fest aufeinandergepreßt. Randal March blickte sie etwas belustigt an.

»Nun, das ist alles.«

»Lucy sollte sich schämen. Meiner Meinung nach ist das eine völlig unqualifizierte Anschuldigung.«

Er lachte.

»Ich werde sie beim Wort nehmen. Ich glaube nicht, daß Laura Fane und Carey Desborough sich zu einem nächtlichen Schäferstündchen getroffen haben. Ich wünschte sogar, das wäre das einzige, was ich ihnen vorzuwerfen hätte.« Miß Silver legte ihre Strickarbeit hin und blickte ihn ernsthaft an.

»Verdächtigen Sie sie wirklich, Randal?«

Er erwiderte mit ernstem Gesicht:

»Ich weiß es noch nicht, ich muß erst noch gründlicher nachforschen. Und als erstes werde ich mich um das Verbleiben des chinesischen Schals kümmern.«

26

Randal March hatte sein Bestes getan, doch ohne Erfolg. Das Haus war buchstäblich auf den Kopf gestellt worden, doch von Laura Fanes chinesischem Schal war keine Spur zu finden. Er war wie vom Erdboden verschluckt. March gab Sergeant Stebbins und Polizeikommissar Pollok den undankbaren Auftrag, die Mülleimer und die Asche in den Kaminen zu untersuchen.

»Der Schal muß verbrannt worden sein«, sagte er, als er Miß Silver in der Halle begegnete. »Die Chance, daß wir auch nur eine Spur von ihm finden, besteht eins zu einer Million.«

Er hatte seine Hand auf ihren Arm gelegt und geleitete sie ins Arbeitszimmer. Als sie die Tür hinter sich geschlossen hatten, fuhr er fort:

»Wir haben den Schal nicht gefunden, aber dafür etwas anderes. Schauen Sie sich das an.«

Er hatte ein zerdrücktes Papier in der Hand. Er strich es glatt und las laut vor:

»›Liebling, komm in mein Wohnzimmer, sobald die Luft rein ist. Nicht vor eins – Tante A. liest lange.‹ Es ist keine Unterschrift da. Können Sie die Schrift identifizieren?«

»O ja, Tanis Lyle hat das geschrieben.«

»Es geht natürlich schon aus dem Inhalt hervor, aber – sind Sie ganz sicher?«

»O ja, ganz sicher.« Sie gab ihm den Zettel zurück. »Wo haben Sie ihn gefunden?«

»In der Brusttasche von Alistair Maxwells Abendanzug.«

»Du meine Güte!«

»Auf dem Zettel steht natürlich kein Datum. Ich werde es ihm zeigen und ihn fragen, was er dazu zu sagen hat. Sie können bleiben, wenn er nichts dagegen hat. Ich werde ihm erklären, daß Sie die Familie vertreten.«

Alistair Maxwell war mit allem einverstanden. Er machte den verstörten, müden Eindruck eines Menschen, der einen Schock erlitten und zu wenig geschlafen hat. Anstelle seiner sonst frischen Gesichtsfarbe war er blaß, aber mit hektischen roten Flecken. Sein blondes Haar war ungekämmt, seine Augen lagen tief in den Höhlen. Er starrte auf das Stück Papier, das ihm der Polizeiinspektor vorlegte.

»Ja, das ist von mir. Wo haben Sie es gefunden? Ich dachte, ich hätte es verbrannt.« Seine Stimme klang heiser und tonlos. Er blickte unverwandt auf das Stück Papier.

»Dieser Zettel«, fragte March, »stammt von Miß Lyle?«

Alistair blickte nicht auf. »Ja. Doch jetzt spielt das ja wohl keine Rolle mehr – oder?«

»Ich denke doch. Wir wollen wissen, wer sie umgebracht hat. Dieser Zettel spricht von einer Verabredung mit Ihnen um ein Uhr. Es muß sich um Mitternacht gehandelt haben, weil es auf dem Zettel heißt, daß die Tante bis spät in die Nacht liest. Haben Sie zu dieser Verabredung irgend etwas zu sagen? Waren Sie da?«

»Ja, ich war da.«

»Würden Sie mir bitte berichten, was geschah?«

»O ja – jetzt ist doch alles egal. Wir stritten.«

»Oh, Sie stritten. Ernsthaft?«

»Ja, sie hat alles in Stücke zerrissen – Petra – mich – alle. So konnte es nicht weitergehen.«

March sah ihn ernst an.

»Mr. Maxwell, ist das ein Geständnis? Ich muß Sie darauf hinweisen, daß alles, was Sie sagen, als Beweis gegen Sie verwendet werden kann.«

Alistair blickte ihn erstaunt an.

»Was wollen Sie damit sagen?«

»Ich denke, Sie wissen, was ich meine. Sie können eine Aussage machen oder ein Geständnis ablegen, aber es ist meine Pflicht, Sie auf Ihre Rechte aufmerksam zu machen.«

»Aber ...«

March sagte schnell:

»Dieser Zettel ist belastend für Sie – das müssen Sie einsehen. Wenn Sie zugeben, daß Sie zu der Verabredung gekommen sind und daß Sie einen sehr ernsten Streit mit Miß Lyle hatten, dann klingt das fast so, als würden Sie sich selber anklagen.«

Alistairs erstaunter Blick vertiefte sich noch. Schließlich sagte er:

»Ich weiß wirklich nicht, was Sie meinen.«

»Mr. Maxwell, ich möchte Sie nicht in eine Falle locken. Ich bin hier, um aufzudecken, wer Miß Lyle erschossen hat. Miß Lyle wurde gegen zwei Uhr zum letztenmal lebend gesehen. Das medizinische Gutachten deutet darauf hin, daß ihr Tod nicht später als drei Uhr eingetreten ist. Sie müssen zugeben, daß Sie sich in einer ernsten Lage befinden.«

Die Tür zum Arbeitszimmer wurde aufgerissen. Petra North stürzte herein. Sie knallte sie hinter sich zu und blieb mit blitzenden Augen stehen. Mit ärgerlicher Stimme rief sie:

»Er ist es nicht! Er würde sie nicht anfassen – er würde es nie tun!«

March wandte sich um.

»Sie haben an der Tür gelauscht, Miß North?«

Sie rannte zu Alistair hinüber und legte den Arm um ihn.

»Natürlich habe ich zugehört! Sehen Sie nicht, daß er krank ist? Wie können Sie es wagen, ihn so zu beschuldigen? Er ist krank. Ich sage es Ihnen – er weiß nicht, was er sagt. Ich kann es genausogut gewesen sein. Ich habe es oft genug gesagt – sicher finden Sie eine ganze Reihe von Leuten, die das bezeugen können. Ich habe sie gehaßt wie die Pest. Aber Alistair hat sie nicht gehaßt. Alistair hat sie geliebt. Er ist ein gebrochener Mensch. Er hat sie angebetet.«

Sie war außer sich und verteidigte Alistair leidenschaftlich.

Alistair stieß sie grob beiseite. »Das ist nicht wahr!« Seine Stimme klang etwas unsicher. »Ich glaube, ich habe sie auch gehaßt. Sie hatte mich in ihren Klauen, und ich konnte ihnen nicht entkommen. Sie ließ einen nicht los. Ich vermute, daß sie aus diesem Grund auch getötet worden ist.«

March schaltete sich jetzt ein.

»Mr. Maxwell, möchten Sie eine Aussage machen – oder ein Geständnis?«

Petra rief mit hoher, schriller Stimme:

»Nein, nein, nein – er hat es nicht getan – er hat es nicht getan! Ich habe es getan – ich habe sie erschossen!«

Das Ganze spielte sich in Sekundenschnelle ab. Miß Silver hatte eine Hand auf die Tischkante gelegt und sich auf den Tisch gestützt. Bei Petras Worten machte Alistair einen schleppenden Schritt nach vorn und ließ sich in den Sessel fallen, er legte die Arme auf den Tisch und vergrub den Kopf. March wandte sich Petra zu:

»Setzen Sie sich lieber hin, Miß North. Wir scheinen knapp an Stühlen zu sein. Ich hole einen aus dem Eßzimmer. Sie müssen überdenken, was Sie gerade gesagt haben und ob Sie gewillt sind, eine Aussage zu machen. Ich muß Sie davon unterrichten, daß alles, was Sie aussagen, als Anklage gegen Sie vorgebracht werden kann.«

Alistair Maxwells Hände klammerten sich ineinander. Ein Zittern lief durch seinen Körper.

Petra sagte kein Wort. Sie blieb unverändert so stehen, bis March mit dem Stuhl zurückkam. Dann setzte sie sich.

March sagte endlich:

»Nun, Miß North – haben Sie Ihre Lage überdacht?«

Petra war nicht mehr ganz so durcheinander wie am Anfang, doch sie war immer noch hochrot im Gesicht. Trotzig sagte sie schließlich:

»Ich habe sie erschossen. Es war niemand sonst – ich war es.«

»Und was für ein Motiv hatten Sie?«

»Sie zerriß Alistair regelrecht. Ich konnte es nicht länger ertragen.«

»Aha. Wollen Sie mir dann berichten, was Sie taten? Sie sind Donnerstag nacht mit den anderen in Ihr Zimmer gegangen?«

»Ja, ich bin mit Laura Fane hinaufgegangen. Wir redeten nichts miteinander. Wir gingen gleich in unsere Zimmer.«

»Bitte berichten Sie, was Sie dann taten.«

Sie setzte sich kerzengerade hin und schlang die Hände in ihrem Schoß ineinander. Dann sagte sie wie ein Kind, das seine Hausaufgabe wiederholt:

»Ich zog mir einen Morgenmantel an, aber ich kleidete mich nicht aus. Ich wußte, daß es keinen Zweck hatte, ins Bett zu gehen und versuchen zu schlafen – ich war zu unglücklich. Ich mußte über all die Dinge nachdenken, die geschehen waren, und ich sah keinen Ausweg, solange Tanis noch am Leben war. Ich haßte sie und wünschte mir, sie sei tot. Ich hielt es einfach nicht länger in meinem Zimmer aus und ging hinunter. Ich sah aus Tanis' Wohnzimmer einen Lichtschein kommen. Und plötzlich fiel mir die Pistole ein, die noch in ihrem Schreibtisch sein mußte. Ich ging hinein. Tanis war nicht da. Ich holte die Pistole und ging ins Turmzimmer, wo ich sie zu finden hoffte. Ich hörte, wie sie die Tür aufmachte. Sie hatte sie gerade geöffnet, als ich hereinkam. Ich erschoß sie. Sie fiel die Treppen hinunter. Das ist alles.«

March sagte: »Nicht ganz, Miß North. Ich würde Ihnen gerne noch einige Fragen stellen. Als Sie die Treppen hinunterkamen, hatten Sie Ihren Morgenmantel an. War es sehr kalt?«

Ihre Spannung hatte etwas nachgelassen. Sie schaute ihn voller Erstaunen an.

»Nein – ich glaube nicht – ich habe jedenfalls nichts bemerkt.«

Miß Silver hatte sie aufmerksam beobachtet. Ein unmerkliches Lächeln kräuselte nun ihre Lippen. March sagte:

»Sie hatten nicht das Bedürfnis, sich noch etwas überzuziehen?«

»Nein.« Sie schien ziemlich erstaunt.

»Sind Sie sicher?«

»O ja, ganz sicher.«

»Also gut, Sie gingen die Treppe hinunter in die Halle. Wieviel Uhr war es?«

Sie zögerte.

»Ich weiß es nicht – ich habe nicht darauf geachtet.«

»Ist Ihnen niemand begegnet?«

»Nein.«

»Und ist Ihnen nichts Ungewöhnliches aufgefallen?«

»Nein – ich habe nichts bemerkt.«

»Es ist Ihnen nicht aufgefallen, daß auf dem Geländer am Fuße der Treppe irgend etwas hing?«

Die Röte stieg ihr wieder ins Gesicht.

»Ich sagte doch, ich habe nicht darauf geachtet.«

»Sind Sie ganz sicher, daß Sie Miß Laura Fanes chinesischen Schal weder sahen noch an sich nahmen?«

»Natürlich bin ich sicher. Doch was sollen all diese Fragen? Ich sagte Ihnen doch schon, daß ich Tanis erschossen habe. Ist das nicht genug?«

Randal March sah jetzt nicht mehr ganz so streng aus.

»Ich fürchte nein. Sie sagen, daß Sie ins Wohnzimmer gingen und die Pistole holten. Wo war sie?«

Sie machte eine unmerkliche Pause, ehe die Antwort kam.

»Im Schreibtisch.«

»Ja – Miß Lyle hatte es ja laut und deutlich verkündet, nicht wahr? Aber der Schreibtisch hat einen Deckel und drei Schubladen. Wo genau war die Pistole?«

Petra wurde totenblaß und sah ihn erschrocken an.

»Also, was ist nun, Miß North!«

Sie flüsterte: »Ich ... ich erinnere mich nicht mehr.« Und dann: »Sie war – unter dem Deckel – soviel ich weiß.« Die letzten Worte waren so leise, daß sie fast unverständlich waren.

March beobachtete sie.

»Gut, Sie haben also Miß Lyle erschossen. Was haben Sie danach getan?«

Sichtlich erleichtert sagte sie:

»Ich ging zurück in mein Zimmer.«

Sein fragender Blick blieb einen Augenblick auf ihr ruhen.

»So schnell? Sie sind nicht vielleicht die Treppe hinuntergegangen und haben sich überzeugt, ob Miß Lyle auch wirklich tot war?«

»Ich weiß es nicht mehr – vielleicht –«

»Aber, aber, Miß North, Sie müssen sich doch daran erinnern, ob Sie die Treppe hinuntergegangen sind oder nicht.«

»Ich weiß es wirklich nicht.«

»Nun gut, was haben Sie dann mit der Pistole gemacht? Wissen Sie das noch?«

»Ich – ich habe sie irgendwo hingelegt.«

»Einfach so?«

»Ich weiß nicht, was Sie wollen!«

Er lächelte ein wenig.

»Sie haben Miß Lyle erschossen, und doch wissen Sie nicht, ob Sie die Treppe hinuntergegangen sind oder nicht. Und Sie haben die Pistole irgendwo hingelegt, aber Sie wissen nicht wo. Vielleicht kann ich Ihnen ein wenig helfen. Haben Sie die Pistole vielleicht wieder unter den Schreibtischdeckel gelegt?«

»Ich weiß es einfach nicht mehr.«

Sie hatte jetzt Angst und fürchtete sich plötzlich vor den Folgen ihrer Aussage.

»Glauben Sie, daß Sie sie sofort fallen gelassen haben, nachdem Sie geschossen haben?«

»Ich weiß es nicht.«

»Aber Sie erinnern sich daran, daß Sie die Klappe des Schreibtisches geöffnet haben, um die Pistole herauszuholen?«

»Ja.«

»Erinnern Sie sich daran, daß Sie eine der Türen im Zimmer entweder geöffnet oder geschlossen haben – die Tür von der Halle beispielsweise? Sind Sie auf diesem Wege ins Zimmer gekommen?«

»Ja.«

»Dann mußten Sie diese Tür öffnen.«

»Ja.«

»Haben Sie sie hinter sich geschlossen?«

»Ich weiß es nicht.«

»Also gut, können Sie sich erinnern, ob Sie die Tür zum Wohnzimmer öffnen mußten, um zurück in die Halle zu kommen, nachdem Sie Miß Lyle erschossen und die Pistole fallen gelassen hatten?«

»Ich weiß es nicht. Ich habe Ihnen bereits gesagt, daß ich es nicht weiß. Was soll das heißen? Ich habe Ihnen gesagt, daß ich sie erschossen habe.«

Randal March lehnte sich in seinem Stuhl zurück. Er sagte mit freundlicher Stimme:

»Miß North, Sie haben mir eine Reihe von Dingen gesagt, und die meisten davon sind nicht wahr. Zunächst haben Sie behauptet, daß Sie Licht aus Miß Lyles Wohnzimmer kommen sahen. Das würde bedeuten, daß die Tür zur Halle offen war. Später sagten Sie dann, daß Sie die Tür öffneten. Beide Aussagen können nicht der Wahrheit entsprechen. Nehmen wir die erste. Dann müssen wir die Unwahrscheinlichkeit in Kauf nehmen, daß Miß Lyle ins Turmzimmer gegangen ist, einen mitternächtlichen Besucher eingelassen und die Tür zu ihrem Wohnzimmer offengelassen hat. Das kann ich einfach nicht glauben. Wenn Sie andererseits die Tür geöffnet haben, wie erklären Sie sich dann, daß Ihre Fingerabdrücke nirgends zu sehen sind? Sie sagen, Sie haben die Pistole unter der Schreibtischklappe hervorgeholt. Auch da gibt es von Ihnen keinerlei Fingerabdrücke. Sie wissen nicht, was Sie danach mit der Pistole gemacht haben, doch derjenige, der die Pistole verwendet hat, machte sich die Mühe, sie abzuwischen und sie an die Stelle zurückzubringen, von der er sie geholt hat. Abgesehen davon war sie nicht unter der Klappe des Schreibtisches. Ihr Pech ist, daß Sie versuchen, einen Mord zu gestehen, von dem Sie nicht die geringste Ahnung haben, wie er begangen worden ist. Derjenige, der Miß Lyle erschossen hat, behielt einen klaren Kopf. Verräterische Fingerabdrücke wurden alle sorgfältig entfernt. Wenn Sie sie abgewischt hätten, wüßten Sie es noch – Sie müßten auch wissen, wohin Sie die Pistole gebracht hatten oder wo der Mörder sie versteckt hat. Sie haben es gut gemeint, aber Sie konnten mir all diese Dinge nicht sagen, weil Sie sie nicht wußten. Glücklicherweise hat es ein Unschuldiger mehr als schwer, sich selbst als Schuldigen hinzustellen.«

Alistair hatte den Kopf gehoben. Er schaute Petra an. Sie war jetzt blaß und sah ganz elend aus. Alistair sagte plötzlich mit lauter Stimme:

»Petra – du Närrin!«

Die Tränen, die sie zurückgehalten hatte, liefen ihr jetzt in Strömen über die Wangen.

Alistair stand auf und ging zu ihr hin. Er legte einen Arm um ihre Schulter und wandte sich an March:

»Es tut mir leid, Sir, sie ist eine verdammte Närrin. Aber ich nehme an, sie hielt mich für den Mörder. Ich war es allerdings nicht. Ich fürchte, ich habe mich vorher gehenlassen. Aber es war ein Schock für mich, und ich habe die ganze Nacht über kein Auge zugemacht. Es geht mir jetzt besser. Und ich kann die Sache mit dem Zettel aufklären. Er galt nicht für Donnerstag, sondern für Mittwoch. Wenn Sie ihn sich noch einmal anschauen, werden Sie sehen, daß er nicht für Donnerstag sein kann, weil es darauf ein Uhr hieß. Nun, die Madisons kamen Donnerstag abend. Es wird immer getanzt, wenn sie kommen, und sie gehen nie vor Mitternacht – jeder im Haus wird Ihnen das bestätigen können. Am Donnerstag hätte sie nie die Verabredung auf ein Uhr angesetzt.«

Petra drehte sich auf ihrem Stuhl schnell um und verbarg ihr Gesicht in den Armen.

Randal March stand auf und öffnete die Tür.

»Bringen Sie sie hinaus und beruhigen Sie sie, Maxwell.«

27

Als sich die Tür hinter ihnen geschlossen hatte, wandte sich March kopfschüttelnd an Miß Silver und sah, daß diese lächelte.

»Nun?« meinte er.

»Den beiden konnte nichts Besseres passieren. Ich vermute, daß er eine ganze Zeitlang unter Schock gestanden hat. Tanis' Tod hat ihn doch ziemlich aus dem Gleichgewicht gebracht. Aber als Miß North den Mord an Tanis Lyle gestehen wollte, wurde er endlich aus seiner Lethargie aufgerüttelt. Ich bin davon überzeugt, daß seine Zuneigung zu ihr tief und bleibend sein wird. Er war in letzter Zeit völlig zerrissen und hat sich schwerste Vorwürfe gemacht. Miß North liebt ihn. Ihr Geständnis war natürlich voreilig und eine Dummheit. Sie haben sie wirklich sehr anständig behandelt, Randal.«

Er nickte dankend und fuhr dann mit großem Ernst fort:

»Meinen Sie, daß Maxwell als Täter nicht mehr in Frage kommt?«

»Sie etwa nicht?«

Er zuckte mit den Schultern.

»Als Mensch ja. Als Polizeibeamter bin ich mir nicht so sicher. Seine Erklärung zu diesem Zettel klingt plausibel, ja sogar wahrscheinlich. Doch Sie wissen genausogut wie ich, daß das kein Beweis ist. Sie kann ein Uhr draufgeschrieben haben und doch Donnerstag nacht gemeint haben, falls sie die Absicht hatte, die Madisons früher als sonst hinauszubefördern. Ich weiß, daß sie erst um halb ein Uhr gegangen sind, aber Maxwell hatte sich ja von den anderen getrennt und war bis zu der Zeit noch nicht zurückgekommen. Mrs. Madison war es doch, die, soviel ich weiß, die Gesellschaft aufgelöst hat.«

»Ja. Sie hatte den ganzen Abend über schlecht ausgesehen. Sie war offensichtlich sehr unglücklich über das Verhalten ihres Mannes Tanis gegenüber.«

Er schaute sie scharf an.

»Wollen Sie damit etwas andeuten?«

Ihre feinen Augenbrauen hoben sich unmerklich.

»Mein lieber Randal, ich habe Ihre Frage damit eigentlich schon beantwortet.«

Er lächelte.

»Das haben Sie. Madisons Verhalten war eindeutig?«

Miß Silver räusperte sich.

»Und wie! Sie tanzten fast den ganzen Abend zusammen. Ich merkte, daß Agnes damit gar nicht einverstanden war.«

»Hat sie nichts dagegen unternommen?«

Wieder räusperte sich Miß Silver.

»Das kommt darauf an, was Sie mit unternehmen meinen. Sie gab Mr. Desborough einen Wink. Ich saß in ihrer Nähe und mußte zwangsläufig einiges von ihrer Unterhaltung mit anhören. Sie fragte ihn, ob er mit Tanis gestritten habe, und als er dies verneinte, sagte sie, daß Mr. Madison sie kompromittiere, und drängte Desborough, etwas zu unternehmen. Danach tanzte er dann mit ihr.«

»Aha. Befand sich Maxwell zu diesem Zeitpunkt im Zimmer?«

»Nein. Laut Miß North hatte er das Haus bereits verlassen. Eine Zeitlang waren die beiden zusammen irgendwo außerhalb des Salons, dann kam sie zurück und sagte, er sei weggegangen.«

Marchs Augen glitzerten humorvoll.

»Sie scheinen einen amüsanten Abend zusammen verlebt zu haben: Madison und Maxwell wie Donner und Blitz, Miß North und Mrs. Madison schrecklich eifersüchtig ...« Er schwieg und sagte unvermittelt: »Was ist mit Desborough und Laura Fane – wie verhielten sich die beiden?«

Miß Silver lächelte.

»Sie waren glücklich, und jeder konnte sehen, daß sie ineinander verliebt waren. Laura strahlte vor Glück, und nachdem Mr. Desborough einen Tanz mit Tanis absolviert hatte, strahlte auch er wieder.«

»Das kann so oder so interpretiert werden. Es könnte bedeuten, daß sie ihm versprochen hatte, die Dinge mit ihrer Tante ins reine zu bringen, oder aber es könnte bedeuten, daß eine Versöhnung anderer Art zwischen ihnen stattgefunden hat.«

Miß Silver widersprach ihm ganz entschieden.

»Oh, mein Lieber, nein, nein, so war es bestimmt nicht. Das ist völlig unmöglich, Sie hätten die beiden zusammen sehen müssen. Ich kann gar nicht genug betonen, daß Mr. Desborough ganz offensichtlich in Laura verliebt ist und daß seine Liebe zu Tanis, die einmal gewesen war, ganz und gar der Vergangenheit angehört. Ich erinnere mich daran, daß ich Agnes am Mittwoch abend sagte, daß sie sich auf dem Holzwege befinde, wenn sie annehme, daß zwischen den beiden ein anderes Verhältnis als eine gute Freundschaft bestehe.«

March ordnete seine Unterlagen.

»Nun, ich verlasse mich auf Ihr Urteilsvermögen. Was

jedoch noch widerlegt werden muß, ist meine Theorie, daß Desborough Donnerstag nacht, in der er – wie er selber zugibt – nach unten gegangen ist, eine Zusammenkunft mit Tanis Lyle hatte. Es tut mir leid, aber Desborough und Laura Fane stehen auf meiner Liste der Verdächtigen immer noch ganz oben an der Spitze, Maxwell kommt erst an zweiter Stelle.«

Miß Silver schlug die Arme übereinander und blickte einen Augenblick nachdenklich drein. Dann sagte sie:

»Und an welcher Stelle Ihrer Liste befindet sich Madison, Randal?«

Dieser schwieg kurz und wiederholte dann: »Madison?«

Miß Silver nickte.

March runzelte die Stirn.

»Nun, er hat doch beweisen können, daß er das Haus verlassen hat.«

Miß Silver räusperte sich.

»Tanis Lyles Verabredung betraf niemanden in diesem Haus, Randal, das war mir von Anfang an klar. Die Tatsache, daß die Tür zur Kirche offen war, paßt dazu. Die Tür war offen, weil sie sie selbst geöffnet hat – und sie hat die Tür aufgemacht, weil sie jemanden erwartete. Meiner Ansicht nach gibt es dafür keine andere Erklärung. Sie selbst muß ganz oben auf der Treppe gestanden haben, als sie erschossen wurde. Wen hatte sie also erwartet? Nicht ihren ehemaligen Ehemann, denn dieser befand sich in einem Londoner Krankenhaus und war unter ständiger Beobachtung. Nicht Mr. Desborough oder Mr. Maxwell, denn beide befanden sich im Haus, und wenn sie eine Verabredung mit einem von ihnen gehabt hätte, wäre er die Treppe heruntergekommen und hätte ihr Wohnzimmer von der Halle aus betreten. Wer war es also? Ich sehe keinen Grund, weshalb es nicht Mr. Madison gewesen sein soll. Ich behaupte natürlich nicht, daß er sie erschossen hat, aber meiner Ansicht nach ist es mehr als wahrscheinlich, daß er der nächtliche Besucher war, den sie erwartete.«

March war ihr interessiert gefolgt.

»Weder bei Desborough noch bei Maxwell stellen Sie derartige Vermutungen an«, sagte er. »Ich nehme an, Sie wissen, was Sie da sagen. Ja, Sie verschaffen ihnen sogar ein Motiv – besonders Maxwell. Ein eifersüchtiger junger Mann, der die Frau verfolgt, der er verfallen ist, und der feststellt, daß sie ihre Tür einem anderen öffnet. Dabei kann man leicht die Kontrolle über sich verlieren.«

»Sie vergessen, daß aufgrund der Fingerabdrücke Tanis selbst die Schublade geöffnet hat, in der sich die Pistole befand. Die Pistole wurde abgewischt, nicht jedoch die Schublade. Tanis' Abdrücke waren überall zu sehen. Dean behauptet, die Schublade sei zugewesen, als er seine Runde machte, bevor er ins Bett ging. Am nächsten Morgen hat sie offengestanden, und die Pistole lag da. Wenn irgend jemand außer Tanis diese Schublade angefaßt hat, dann muß dies sehr vorsichtig mit einem Handschuh geschehen sein oder mit einem Taschentuch. Das bedeutet, daß der Mord vorsätzlich ausgeführt worden ist und daß der Mörder wußte, wo die Pistole zu suchen war. Ich kann mir nicht vorstellen, daß Mr. Desborough oder Mr. Maxwell der Täter ist.«

March machte eine ungeduldige Handbewegung.

»Tatsache ist, daß wir nicht wissen, wie sich alles zugetragen hat, wahrscheinlich werden wir es auch nie erfahren. Man kann zwar die Handlungen und Reaktionen eines vernünftigen Menschen erraten, doch ein Verrückter wird immer rätselhaft bleiben, und man kann einfach nicht sagen, was und wie er etwas getan hat.«

Miß Silver lächelte nachsichtig.

»Alles schön und gut, mein lieber Randal«, sagte sie. »Ich wollte ja damit nur sagen, daß wir hier einen vorsätzlichen Mord vor uns haben. Und ich finde dies weder bei Mr. Desborough noch bei Mr. Maxwell wahrscheinlich. Außerdem ist da immer noch dieser spurlos verschwundene chinesische Schal.«

March wußte nicht, ob er lachen oder weinen sollte.

»Sie wollen mich wohl mit meinen eigenen Waffen schlagen. Typisch Frau! Sie wissen genau, daß meiner Ansicht nach Laura Fane an dem Verbrechen beteiligt ist. Der Schal bekam Blutflecken und mußte vernichtet werden. Dabei gehe ich allerdings davon aus, daß Mr. Desborough der Mörder ist. Wenn es Maxwell war, haben Sie vielleicht recht – der Schal führt mich in die Irre. Aber ich bin fast sicher, daß es nicht Maxwell war und daß der Schal vernichtet worden ist, weil ...«

In diesem Augenblick klopfte jemand vorsichtig, und die Tür wurde einen Spalt geöffnet. Es war eines der Dienstmädchen, Florrie Mumford. Auf die Aufforderung »herein« trat sie mit ängstlichem Gesicht langsam näher.

»Was ist los, Florrie?« fragte Miß Silver eine Spur strenger, als es sonst ihre Art war.

»Was ist los?« wiederholte nun auch der Polizeiinspektor. »Was wünschen Sie?«

»Bitte, Sir, der Sergeant und die Polizisten haben schon alle Mülleimer und die Aschentonnen untersucht ...« Sie machte eine Pause und schaute sich dabei vorsichtig um.

»Und?« fragte March.

»Es heißt, sie suchen Miß Lauras Schal. Ich habe nichts gesagt, ich hab' nichts gegen Miß Laura, aber jetzt muß ich es doch sagen. Hier.« Mit diesen Worten legte sie ein Stück Zeitungspapier auf den Tisch.

March faltete es auseinander und strich es glatt. Es enthielt Kohlenstaub und ein Stück Stoff. Der Stoff war dick, und man konnte darauf noch kostbare Stickereien erkennen. Ein heller Schmetterling hatte die Flammen überlebt ...

Marchs Frage kam scharf und knapp.

»Aus welchem Kaminfeuer haben Sie das?«

»Aus dem Salon.« Florrie warf den Kopf zurück. »Vor dem Frühstück muß ich in allen Kaminen Feuer machen – im Salon, im Eßzimmer, in Miß Lyles Zimmer und in diesem.«

Nach einigen weiteren Fragen wurde die Geschichte etwas klarer. Florrie hatte am Morgen nach dem Mord wie gewöhnlich Feuer gemacht. Als sie im Salon die Asche herausnahm, fiel ihr dieses Stück Stoff auf, das sie sofort als Miß Lauras Schal erkannte. Sie behielt es, weil ihr der Schmetterling darauf so gut gefiel.

Als sie gegangen war, erhob sich March. Mit ernster Stimme sagte er schließlich:

»Wir müssen den Schal sofort von unseren Experten untersuchen lassen. Er ist voller Flecken. Es muß festgestellt werden, ob diese Flecken Blut sind.«

Auch Miß Silver war sehr ernst geworden. Sie fügte kurz hinzu:

»Ja.«

28

Carey wollte mit Laura nach dem Mittagessen Sylvia Madison besuchen. Tim, so erfuhren sie am Telefon, war kurz nach dem Frühstück aus dem Haus gegangen und noch nicht zurückgekommen. Sylvia war sehr in Sorge.

Kurz vor Grange Cottage, wo die Madisons wohnten, hörten sie plötzlich Schritte hinter sich. Als sie sich umdrehten, sahen sie Miß Silver mit wehendem Schal hinter sich daherkommen.

»Darf ich mich Ihnen anschließen? Ich möchte auch einen Besuch bei Mrs. Madison machen. Ich fürchte, die Ereignisse haben sie sehr erschüttert.«

Es folgte eine etwas unangenehme Pause. Carey sagte schließlich unumwunden:

»Laura und ich wollten eigentlich allein mit ihr sein. Sie ist völlig durcheinander . . .«

Miß Silver unterbrach ihn.

»Oh, ich will sowieso nicht lang bleiben. Wissen Sie, ich dachte mir, daß Sie hingehen würden, und es wäre mir recht, wenn ich Sie begleiten könnte. Ich möchte Mrs. Madison gerne etwas zurückgeben – das ist alles.«

Sie unterhielten sich über dieses und jenes, über das Leben auf dem Lande, über Sylvia Madison . . .

»Die Madisons sind gute Freunde von mir. Ich kenne sie schon lange. Sylvia ist ein Mensch, den man leicht aus der Fassung bringen kann, außerdem ist sie ziemlich unselbständig. Diese Geschichte hat sie ganz schön mitgenommen. Suchen Sie Sylvia in Ihrer Eigenschaft als Privatdetektiv auf?« Diese Frage konnte sich Carey nicht verkneifen.

Miß Silver räusperte sich.

»In gewisser Weise ja.« Als sie sah, daß Carey etwas einwenden wollte, kam sie ihm zuvor. »Mr. Desborough, ich weiß, was Sie sagen wollen. Sie besuchen Mrs. Madison als Freund. Ich suche sie aus einem anderen Grunde auf, wenn auch nicht – wie ich hoffe – aus einem unangenehmen. Ich verstehe, daß Sie sich nicht den Anschein geben wollen, als arbeiteten Sie mit mir in irgendeiner Weise zusammen. Ich schlage daher vor, daß Sie und Miß Laura vorgehen. Erzählen Sie Mrs. Madison, was Sie wollen. Wenn sie mich nicht empfangen möchte, gehe ich wieder. Ich will mich nicht aufdrängen. Ich bin jedoch der Ansicht, daß es in ihrem eigenen Interesse ist, wenn sie mich anhört. Wenn sie bereit ist, mich zu empfangen, dann möchte ich Sie bitten, dabeizusein.«

Ihre letzten Worte besänftigten Carey etwas. Schon allzu oft hatte er erlebt, daß Miß Silver nichts ohne Absicht tat. Und so sagte er schließlich in verändertem Tonfall:

»Also gut, ich werde es ihr sagen. Aber sie sagt vielleicht nein.«

»Das will ich nicht hoffen«, sagte Miß Silver ruhig. »Das wäre wirklich sehr schade.«

Zehn Minuten später betrat sie Sylvia Madisons Salon. Im Kamin flackerte ein Feuer. Miß Silver ging mit einem kleinen Tempotaschentuch in der Hand auf sie zu.

»Ich bin ja so froh, daß Sie mich empfangen haben. Darf ich Ihnen das hier zurückgeben? Ich glaube, es gehört Ihnen.«

So harmlos die Worte waren, so sehr wirkten sie auf Sylvia. Sie nahm das Päckchen an sich und ließ sich auf die Couch fallen. Nervös und aufgeregt machten ihre Finger das Paket auf, heraus fiel ein schmutziges, zerknittertes Taschentuch, auf dem wunderschön der Name Sylvia gestickt war.

Sie starrte es an. Alle starrten es an. Die Flecken auf dem Taschentuch sahen aus wie Blut.

Miß Silver setzte sich neben sie auf das Sofa und fragte knapp, aber freundlich:

»Das ist doch Ihr Taschentuch, nicht wahr? Ich vermute, Sie haben gemerkt, daß Sie es verloren hatten, aber Sie wußten nicht genau, wo. Der Wind hat es weggeweht. Ich fand es jedenfalls in einem Loch irgendwo in der Kirchenruine.«

Laura sagte: »Oh . . .« Es war mehr ein Hauch als ein Wort.

Carey sagte schnell: »Sag nichts mehr, Sylvia, hör auf mich, sag kein einziges Wort mehr!«

Miß Silver lächelte ein wenig. Ihre Augen blickten ihn freundlich an.

»Ich will Mrs. Madison keine Falle stellen«, sagte sie. »Wenn es so wäre, hätte ich Sie wohl kaum gebeten, sie auf meinen Besuch vorzubereiten.« Sie wandte sich wieder an Sylvia. »Ich würde Ihnen natürlich gern einige Fragen stellen, aber ich werde davon absehen. Statt dessen möchte ich Ihnen sagen, wie Sie meiner Ansicht nach das Taschentuch verloren haben.«

Sie lächelte Sylvia aufmunternd an.

»Meine liebe Mrs. Madison«, begann Miß Silver dann wieder, »versuchen Sie, tapfer zu sein. Ich hätte mit diesem Taschentuch zur Polizei gehen können, genaugenommen wäre es sogar meine Pflicht gewesen – aber ich habe es Ihnen gebracht, und noch dazu habe ich mich zuvor vergewissert, daß Sie nicht allein, sondern in Gesellschaft zweier Freunde sind. Was ich Ihnen zu sagen habe, ist schmerzhaft, aber es ist gut, wenn Sie es wissen.«

Sylvias Lippen bebten, aber sie sagte keinen Ton. Sie starrte Miß Silver mit dem Blick eines gefangenen Tieres an. Sie hatte ganz schreckliche Angst, und der Augenblick, vor dem sie sich fürchtete, rückte unaufhaltsam näher. Und sie konnte nichts dagegen tun. Sie konnte nur dasitzen und warten, warten, warten ... Miß Silver nahm das zerknitterte Taschentuch in die Hand, wickelte es wieder in das Tempotaschentuch und begann:

»Donnerstag nacht, also in der Nacht, in der Miß Lyle erschossen wurde, verließen Sie um halb eins die Propstei mit Ihrem Mann. Sie gingen nach Hause. Den ganzen Abend über waren Sie sehr unglücklich gewesen, weil Mr. Madison ungehemmt mit Miß Lyle geflirtet hatte. Männer sind leider so. Selten hat so etwas jedoch tiefere Bedeutung, besonders bei einer so wechselhaften jungen Frau wie Miß Lyle. Es war nur natürlich, daß Sie sehr unglücklich waren. Ich weiß nicht, ob Ihr Mann wußte, *wie* unglücklich Sie waren.«

Sylvia schüttelte stumm den Kopf.

»Gut, Sie kamen also zu Hause an und sagten sich gute Nacht. Doch Sie gingen beide nicht ins Bett – Mr. Madison, weil er die Absicht hatte, noch einmal zurück zur Propstei zu gehen, und Sie, weil Sie dies vermuteten. Kurz vor zwei Uhr verließ Mr. Madison das Haus, und Sie folgten ihm dicht auf dem Fuße.«

Sylvia schnappte nach Luft.

Miß Silver fuhr fort: »Was ich sehr gern wissen möchte, ist, wie viel Vorsprung Sie ihm ließen. Ich kann mir denken, daß nicht viel Zeit verstrichen ist, ehe Sie die Verfolgung aufnahmen. Sie müssen dies nicht bestätigen, es ist lediglich meine eigene Meinung. Bei der Propstei angekommen, mußten Sie sich zur Kirchenruine weitertasten. Vielleicht hatten Sie eine Taschenlampe dabei, aber wahrscheinlich fürchteten Sie sich, sie anzumachen. Sie kamen an eine Stelle, von wo aus Sie einen schwachen Lichtschein aus dem Turmzimmer kommen sahen. Das Licht kam jedoch aus Miß Lyles Wohnzimmer, also muß die Verbindungstür zwischen den beiden Räumen offengestanden haben. Ich konnte mich gestern selbst davon überzeugen, daß es hell genug gewesen sein muß, die Gestalt Ihres Ehemannes zu erkennen. Er muß entweder über dem Körper Miß Lyles oder neben ihm gekniet haben. Vielleicht war seine Taschenlampe an. Ich weiß es nicht. Ich weiß auch nicht, was danach geschah oder wie lange Sie beide so verharrten, doch ich glaube, daß Sie blieben, bis Ihr Mann von diesem Ort verschwunden war. Dann gingen Sie selbst zu Miß Lyle hin. Vielleicht haben auch Sie Ihre Taschenlampe angeknipst. Sicher weiß ich nur, daß Sie mit Ihrem Taschentuch entweder Ihre blutverschmierten Finger oder die Wunde abgeputzt haben. Als Sie merkten, daß jede Hilfe zu spät kam, schleppten Sie sich nach Hause. Es muß schrecklich für Sie gewesen sein. Als Sie sich durch die Ruinen vorwärts tasteten, verloren Sie das blutverschmierte Taschentuch, das Sie immer noch in der Hand hielten. Erschöpft und sehr spät kamen Sie endlich zu Hause an. Und nun, Mrs. Madison, möchte ich Ihnen einen Rat geben. Sie fürchteten, Ihr Mann habe Miß Lyle erschossen. Eine kurze Zwischenfrage: Haben Sie Mr. Madison zur Rede gestellt?«

Sie warf der zusammengekauerten Sylvia einen Blick zu.

»Ich sehe schon, Sie haben es nicht getan. Geheimnisse unter Verheirateten sind sehr schlecht. Mein Rat ist, daß Sie das Vertrauensverhältnis mit Ihrem Mann, das Sie früher hatten, wieder herstellen. Sagen Sie ihm, was Sie Donnerstag nacht gemacht haben, und raten Sie ihm das gleiche. Das ist alles, meine Liebe. Ich werde Sie jetzt mit Ihren Freunden allein lassen.«

29

Sylvia blieb abwesend an der Tür stehen, die sich hinter Miß Silver geschlossen hatte. Sie sah aus wie jemand, der das soeben Gehörte einfach nicht glauben kann. Als Laura sie neben sich auf das Sofa zog, flüsterte sie leise:

»Wer ist sie – woher weiß sie das alles – war sie dabei?«

Laura schüttelte den Kopf.

»Sie muß nicht dabei gewesen sein. Sie weiß es einfach.«

Carey zog sich einen Stuhl heran und setzte sich zu ihnen.

»Sylvia, möchtest du mit uns darüber reden? War es wirklich so?«

»O ja! Oh, Carey, woher weiß sie das alles? Sie muß dagewesen sein! Woher weiß sie, daß ich Tim gefolgt bin und daß ich Angst gehabt habe, die Taschenlampe anzuknipsen? Oh, ihr wißt nicht, wie furchtbar das alles war – ihr habt keine Ahnung!« Sie zitterte am ganzen Leibe.

Carey fragte sie eindringlich:

»Hör zu, Sylvia – hast du den Schuß gehört? Antworte erst, wenn du ganz sicher bist. Laß dir Zeit. Hast du ihn gehört?«

Sylvia wurde ernst. »Ich weiß es nicht. Ich glaubte, so etwas wie einen Schuß gehört zu haben.«

»Sylvia, hör zu! Wo warst du, als du diesen Schuß gehört hast?«

Sie erwiderte ganz mechanisch: »Ich weiß es nicht mehr.«

»Unsinn! Du mußt es wissen. Denk nach. Warst du am Eingang der Propstei, oder warst du schon weiter?«

»Oh, es war vorher«, sagte Sylvia, in die jetzt ein wenig Leben kam.

»Gut! Weiter so! Wo – glaubst du – warst du also, als du den Schuß gehört hast?«

Sie entzog ihm ihre Hand.

»Oh, ich erinnere mich jetzt. Ich war an der Kreuzung.«

Carey und Laura warfen sich Blicke zu. An der Kreuzung . . . In direkter Linie waren es nur einige hundert Meter bis zur Kirchenruine. Doch zu Fuß war es doppelt so weit. Das bedeutete, daß Tanis Lyle bereits tot gewesen sein mußte, ehe Tim Madison bei der Propstei angekommen war.

Carey wandte sich wieder Sylvia zu. In ihrem Kopf arbeitete es, und sie fing an zu weinen.

»Nur noch eine Frage«, sagte er. »Hast du noch einen Schuß gehört – nachdem du auf dem Grund der Propstei warst – in der Nähe der Kirche?«

»Nein, nein, nein! Warum? Sie war doch schon tot. Oh, bitte, bitte, stellt mir keine Fragen mehr!«

Bei diesen Worten flog plötzlich die Tür auf, und Tim Madison kam ins Zimmer gestürzt. Seine roten Haare leuchteten wie Feuer. Man konnte sehen, daß er nicht gerade bester Stimmung war. Er ging zu Sylvia hinüber und fuhr Carey an.

»Was zum Teufel ist hier los? Ihr und eure verdammte Detektivin! Ich habe sie draußen getroffen. Wenn ich gewußt hätte, daß sie hier war, hätte ich ihr den Hals umgedreht!«

Carey grinste plötzlich.

»Das wäre eine große Hilfe gewesen, nicht wahr?« sagte er. »Red nicht so einen Blödsinn, Tim. Ich habe Miß Silver nicht hierhergebracht – sie ist von sich aus gekommen. Aber ich glaube, sie kam hierher, um euch einen Gefallen zu tun. Wir gehen jetzt. Bis später. Komm, Laura!«

Noch nie zuvor in ihrem Leben hatte Laura sich so gern von jemandem verabschiedet. Sie drückte Sylvias zitternde

Hand und murmelte ihr ein aufmunterndes »Auf Wiedersehen« zu.

Als sich die Tür hinter ihr und Carey geschlossen hatte, wandte sich Tim Madison seiner Frau zu.

»Was hast du gesagt? Hörst du? Was hast du gesagt? Was hast du ihnen erzählt?« Die Fragen kamen so schnell wie Kanonenschüsse.

Sylvia starrte ihn an, die Tränen liefen ihr über die Wangen. Tim packte sie am Arm und zerrte sie hoch.

»Hör endlich auf zu heulen und gib mir eine Antwort! Was hast du dieser Frau erzählt? Sie arbeitet mit der Polizei zusammen! Hast du ihr irgend etwas gesagt? Mein Gott, Sylvie – was hast du ihr erzählt?«

Sylvia hörte auf zu weinen. Das schreckliche Schweigen, das so lange zwischen ihnen gelegen hatte, war endlich gebrochen. Sylvia kümmerte sich nicht mehr darum, ob er ärgerlich war. Er dachte an sie – war böse auf sie, nannte sie wieder Sylvie. Sie blickte ihn an, doch nicht mehr verängstigt, und sagte:

»Ich habe ihr gar nichts gesagt. Sie weiß alles. Sie hat mir einiges erzählt.«

Tim wurde etwas ruhiger. »Was?« fragte er schließlich mit erstickter Stimme.

»Wirklich, Tim, du kannst Carey und Laura fragen – sie waren dabei. Oh, Tim, ich habe mein Taschentuch verloren – als sie kam und sagte, sie wolle mir etwas bringen, wußte ich sofort, was sie meinte.«

Er fragte scharf: »Wo hast du es verloren?«

»In den Ruinen. Sie hat es dort gefunden. Oh, Tim, es ist – blutbefleckt.«

»Wo ist es?«

»Sie hat es wieder mitgenommen.«

Sein Griff wurde so fest, daß es ihr weh tat.

»Du kannst es ja überall verloren haben. Bei diesem Wind

hätte das Taschentuch bis auf die Straße geweht werden können.«

Sie schüttelte den Kopf.

»Tim, es hat keinen Zweck. Sie weiß alles. Sie hat alles so erzählt, wie es wirklich war.«

»Und was hast du ihr gesagt?«

»Nichts.«

»Was heißt das? Willst du damit sagen, daß du ihr überhaupt nichts gesagt hast?«

»Ich konnte nicht – ich hatte solche Angst.«

»Gott sei gedankt!« sagte er schließlich und ging zur Tür.

»Tim – wo gehst du hin?«

Er sagte nur: »Dein Taschentuch zurückholen.« Schweigend verließ er das Zimmer.

Alles um Sylvia schien sich zu drehen. Sie setzte sich hin und schloß die Augen.

30

Nach ihrer Begegnung mit dem wütenden Mr. Madison eilte Miß Silver heimwärts.

In der Propstei angekommen, begab sie sich sogleich ins Frühstückszimmer, wo sie Miß Lucy Adams vorfand, die in der Dämmerung am Fenster saß. An diesem dunklen Januartag war es schon um drei Uhr nachmittags fast dunkel. Miß Adams legte ihr Buch weg.

»Wo warst du so lange, Maud? Doch nicht draußen? Bei dem Wetter.«

Miß Silver setzte sich, holte aus ihrem Korb ein Wollknäuel und begann zu stricken.

Schon einen Augenblick später ging die Tür wieder auf, und Dean meldete, Mr. Madison wünsche Miß Silver zu sprechen. »Ich hoffe, Sie sind einverstanden, daß ich ihn gleich ins Arbeitszimmer geführt habe. Er sagte, er komme in einer geschäftlichen Angelegenheit.«

Miß Silver sagte: »Sehr gut, Dean.« Sie erhob sich eilig und ging hinaus.

Tim Madison lief im Zimmer unruhig auf und ab. Ohne Umschweife begann er:

»Ich komme wegen des Taschentuches meiner Frau. Sie sagte mir, daß Sie irgendeine Geschichte dazu erfunden haben. Ich wäre froh, wenn Sie in Zukunft andere mit Ihren Geschichten belästigen. Ich werde Ihnen jetzt erzählen, wie es wirklich war. Meine Frau ist etwas kränklich. Als wir letzten Mittwoch nachmittag draußen waren, hatte sie Nasenbluten. Sie wurde ohnmächtig, und ich mußte sie nach Hause bringen. Später vermißte sie ihr Taschentuch. Der Wind muß es wohl auf das Gelände der Propstei geweht haben.«

Miß Silver konnte sich eines leichten Schmunzelns nicht erwehren, als sie sagte:

»Wirklich, Mr. Madison?« Und dann: »Wollen Sie nicht Platz nehmen? Ich rede nämlich nicht gern im Stehen. Unterhalten wir uns doch ein wenig, Mr. Madison – warum sind Sie so sicher, daß Ihre Frau Tanis Lyle erschossen hat?«

Nur einmal zuvor in seinem Leben hatte Tim Madison einen solchen Schock erlitten. Einen Augenblick lang wurde er ganz grau. Doch im nächsten stieg ihm die Röte ins Gesicht. In seinen Ohren rauschte es, alles drehte sich um ihn. Wie durch einen dichten Nebelschleier hörte er Miß Silvers freundliche, ruhige Stimme.

»Sie liegen völlig falsch. Sie hat es nicht getan.«

Er kam wieder zu sich. Das Rauschen ließ etwas nach.

»Was haben Sie da gesagt? Würden Sie das bitte noch mal wiederholen?«

Miß Silver wiederholte es – dieselben Worte mit derselben Stimme. Sie hatte zu stricken begonnen.

Er starrte sie an. »Woher wissen Sie das?«

Sie lächelte.

»Hat Ihre Frau schon jemals eine Pistole in der Hand gehabt? Könnte sie damit umgehen? Wirklich, Mr. Madison, Sie sollten Ihre Frau besser kennen. Sie ist Ihnen in der fraglichen Nacht lediglich gefolgt.«

»Sie ist mir gefolgt?«

Miß Silver nickte ihm freundlich zu.

»Genau. Sie wußte von Ihrer Verabredung mit Miß Lyle und folgte Ihnen dicht auf den Fersen. Ich weiß natürlich nicht, wie nahe Sie sich beim Haus befanden, als der Schuß abgegeben wurde, aber ich denke, Sie müssen ihn gehört haben. Und später fanden Sie dann Miß Lyle tot daliegen. Ich nehme an, Sie haben die Taschenlampe angemacht. Ihre Frau hat Sie wahrscheinlich gesehen, wie Sie sich über die Tote beugten.«

Er sagte heiser:

»Warum sagen Sie wahrscheinlich? Hat sie es Ihnen nicht gesagt?«

Miß Silvers Nadeln klapperten.

»Ich habe ihr keine Fragen gestellt, und sie hat mir nichts gesagt. Ich gebe Ihnen hier nur das Ergebnis meiner eigenen Nachforschungen. Aber ich weiß natürlich nicht alles. Beispielsweise, ob Sie das Haus betreten haben oder nicht. Sie hatten einen schweren Schock. Sie müssen erkannt haben, in welch gefährlicher Lage Sie sich befanden. Später, als Sie weg waren, ging Mrs. Madison unter Aufbietung all ihrer Kräfte zu der Toten. Sie wußte nicht, daß Miß Lyle erschossen worden war. Sie glaubte, Sie hätten sie umgebracht. Sie verlor auf dem Heimweg ihr Taschentuch, mit dem sie wahrscheinlich die Wunde abgetupft hatte. Es wurde vom Wind zu einer so versteckten Stelle getragen, daß es nicht einmal von der Polizei gefunden worden ist. Glücklicherweise habe ich es dann entdeckt. Glücklicherweise deshalb, weil ich mir dadurch die

Dinge zusammenreimen konnte, die ich Ihnen gerade erzählt habe, und diese bestätigen nicht nur die Unschuld Ihrer Frau, an der ich keinen Augenblick auch nur den geringsten Zweifel hatte, sondern auch die Ihre, was natürlich etwas anderes ist.«

Er starrte sie an.

»Wie kommen Sie darauf?«

Sie strickte unverwandt weiter.

»Ganz einfach, Mr. Madison. Ich habe jahrelang Gelegenheit gehabt, menschliche Charaktere zu studieren, und Ihre Frau ist nicht schwer zu durchschauen. Sie ist einfach, freundlich, herzlich und ängstlich. Als ich ihr Taschentuch fand, wußte ich, daß sie kurz nach dem Mord in der Ruine gewesen sein mußte. Und nur aus einem Grund war sie dort. Sie mußte Ihnen gefolgt sein, und zwar unmittelbar. Wenn Sie also Miß Lyle aufgesucht und mit ihr gestritten hätten, wäre sie nicht im Dunkeln draußen stehen geblieben – dessen bin ich mir sicher. Und aus diesem Grunde, Mr. Madison, konnten Sie auch nicht Miß Lyle erschossen haben. Doch als Sie nach Hause kamen und feststellten, daß Ihre Frau nicht zu Hause war, und sie später schluchzend nach Hause kommen hörten, zogen Sie die schreckliche Schlußfolgerung, daß sie es gewesen sein mußte. Wären Sie nicht in einem solchen Zustand gewesen, wären Sie wohl niemals auf eine solche Idee gekommen. Aber unter den Umständen war es ganz normal.«

»Ich bin wirklich der blödeste Idiot, den es je gegeben hat«, sagte er schließlich im Brustton tiefster Überzeugung.

Miß Silver lächelte ihn freundlich an.

»Gehen Sie nach Hause und trösten Sie Ihre Frau. Sie müssen sich ein wenig um sie kümmern, sie sieht sehr schlecht aus.«

Er stand auf und sah sie beschämt an.

»Ich war sehr unhöflich zu Ihnen. Es tut mir leid. Carey sagte vorhin, als er bei uns war, Sie wären gekommen, um uns einen Gefallen zu tun. Ich danke Ihnen sehr.«

Er war schon an der Tür, als sie ihn noch einmal zurückrief.

»Zwei Fragen noch, Mr. Madison. Sie haben doch den Schuß gehört, wo waren Sie da?«

»Kurz hinter der Kreuzung ...«

Sie nickte. »Sind Sie ins Haus gegangen?«

Er schüttelte den Kopf.

»Nein. Ich hatte nur den einen Gedanken: Wenn jemand kommt, bin ich erledigt.«

Bei seinen letzten Worten erhob sie sich und streckte ihm die Hand zum Abschied entgegen.

Er sagte: »Was ist mit Sylvias Taschentuch? Wollen Sie es mir nicht geben?«

Miß Silver räusperte sich. Sie entzog ihm ihre Hand.

»O nein, Mr. Madison. Ich muß es dem Polizeiinspektor zeigen. Ich kann kein Beweisstück verschwinden lassen. Ich hoffe jedoch, daß er der gleichen Ansicht sein wird wie ich. Und nun bitte ich Sie, zu Ihrer Frau nach Hause zu gehen.«

31

Randal March bedachte Miß Silver mit einem Blick, der leicht zu deuten war.

»Meine liebe Miß Silver, Sie sind wohl wieder einmal von Madisons Unschuld überzeugt.«

»Mein lieber Randal, natürlich bin ich das.«

Sie sprach, ohne auch nur die Augen zu heben, und er antwortete heftig:

»Ich möchte wissen, was das Gericht dazu meint.«

Endlich blickte sie auf.

»Ich kann mir nicht vorstellen, daß das Gericht jemals dazu Gelegenheit haben wird.«

»Warum sind Sie da so sicher? Sie sagen, Madison hätte nicht genug Zeit gehabt, um den Mord zu begehen, weil seine Frau ihm aus Angst in der Dunkelheit dicht folgte. Aber Sie wissen, daß es darauf eine Antwort gibt. Er wußte, daß die Pistole im Schreibtisch war. Zwei Zeugen sagen aus, daß dies Donnerstag abend, als die Madisons hier waren, offen gesagt worden ist. Vielleicht kam es zwischen den beiden zu einer solchen Szene, daß er beschloß, der Sache endlich ein Ende zu bereiten. Er ist doch ein Mensch, der gewaltsam werden kann.«

Miß Silver schüttelte den Kopf.

»Schlechte Menschenkenntnis, Randal. Mr. Madison würde keine Frau von hinten erschießen. Es sind beides einfache Menschen. Wenn Sie die zwei verhören – und das werden Sie sicher tun –, dann müssen Sie wie ich von ihrer Unschuld überzeugt sein.«

Auch er hielt dies für wahrscheinlich, doch zog er es vor, keinen Kommentar dazu zu geben und statt dessen nur zu sagen:

»Nun, irgend jemand hat sie erschossen, und ich habe vor, den Mörder zu finden. Wenn die Madisons also ausscheiden, wer bleibt übrig? Wir wollen die Liste noch einmal durchgehen. Viel glücklicher werden Sie wohl auch nicht sein, wenn ich die Liste mit Desborough und Laura Fane anführe.«

Er nahm Papier und Kugelschreiber zur Hand und schrieb folgende Namen mit seiner energischen Handschrift:

Carey Desborough – Laura Fane.

Motiv: Um Desborough von einer Beziehung zu befreien, die unerträglich geworden war.

Miß Silver hob die Augenbrauen.

»Ist das ein Motiv für einen Mord?«

»So etwas gibt es immer wieder.«

Randal March beugte sich über das Papier und schrieb weiter:

Gelegenheit: Sie geben beide zu, außerhalb ihres Zimmers gewesen zu sein, nachdem alle anderen sich schon zur Ruhe begeben hatten. Laura Fane wurde gesehen, als sie um 3 Uhr morgens in ihr Zimmer zurückging, und Desborough gibt 1.55 Uhr an, aber hier haben wir nur seine Aussage. Laura Fanes Schal verschwand in jener Nacht. Zwei Fäden daraus verfingen sich in Miß Lyles Ring. Ein blutverschmiertes Stück des Schals wurde im Kaminfeuer des Salons gefunden.

Laut wiederholte er, was er geschrieben hatte.

»Es sieht nicht sehr gut aus für Desborough und Miß Fane«, fügte er abschließend hinzu.

»Der Schein trügt manchmal. Bitte fahren Sie in Ihrer Liste fort, Randal, es ist äußerst interessant.«

Alistair Maxwell. Motiv: Eifersucht. Gelegenheit: Zettel ohne Datum mit einer Verabredung um 1 Uhr morgens oder später, gefunden in seinem Anzug. Gibt zu, die Verabredung eingehalten und mit der Verstorbenen gestritten zu haben, behauptet jedoch, es sei die Nacht vor dem Mord gewesen.

Petra North. Motiv: Eifersucht. Gelegenheit: Wie jeder im Haus. Offensichtlich falsches Geständnis abgelegt, um Maxwell zu decken.

Tim Madison. Motiv – noch nicht ganz klar. Gelegenheit: Gibt zu, in jener Nacht mit ihr eine Verabredung gehabt zu haben. Sagt, sie sei bereits tot gewesen. Gibt an, das Haus nicht betreten zu haben.

Mrs. Madison. Motiv: Eifersucht. Gelegenheit: Ihr blutverschmiertes Taschentuch in der Kirchenruine. Gibt zu, dort gewesen zu sein und die Tote berührt zu haben, sagt jedoch, sie sei ihrem Mann gefolgt, und Miß Lyle sei bereits tot gewesen.

Miß Silver hüstelte ein wenig.

»Das ist nicht ganz richtig. Mrs. Madison folgte ihrem Mann, fand ihn neben der Toten kniend vor und berührte sie selbst, später hat sie ihr Taschentuch verloren. Sie hat diese Dinge allerdings noch nicht selbst zugegeben.«

Randal March lächelte.

»Ich greife den Dingen lediglich ein wenig vor. Ich nehme an, das wär's vorläufig. Miß Fane und Miß Adams haben wohl kaum Interesse am Tod ihrer Nichte gehabt. Sie hatten keinerlei Motiv und Miß Fane wohl auch nicht die Gelegenheit, da sie sich nur in ihrem Rollstuhl fortbewegen kann.«

Miß Silver verzog die Lippen.

»Ich stimme zu, daß Agnes den Tod ihrer Nichte nicht gewünscht haben kann, doch sie hätte – wenn sie gewollt hätte – all das ausführen können, was der Mörder getan hat.«

March stieß einen Ruf des Erstaunens aus.

»Mit dem Rollstuhl?«

Miß Silver schwieg einen Augenblick. Dann sagte sie:

»Sie kann äußerst geschickt mit ihm umgehen. Sie kann mit dem Lift ohne fremde Hilfe nach oben und unten fahren.«

»Das habe ich nicht gewußt!«

Sie nickte.

»Das habe ich mir gedacht.«

»Kann sie die Pistole aus der Schublade genommen und wieder zurückgelegt haben?«

»Ich glaube schon.«

Er runzelte die Stirn.

»Irgend etwas stimmt hier nicht. Einen Augenblick – wenn Miß Fane mit ihrem Stuhl über den Lift herunterkam, muß Miß Lyle sie sowohl gesehen als auch gehört haben.«

Miß Silver sagte schließlich: »Sie dürfen nicht glauben, daß ich den Verdacht auf Miß Agnes lenken möchte. Ich halte es jedoch für meine Pflicht, Sie davon zu unterrichten, daß sie rein körperlich gesehen für die Tat in Frage kommen kann. Außerdem, Randal, als Agnes Fane mich beauftragte, den Mord an ihrer Nichte aufzuklären, machte sie eine treffende Bemerkung. Ich warnte sie nämlich, daß vielleicht Angehörige ihrer Familie als Verdächtige in Frage kämen. Sie meinte jedoch, sie wolle nur, daß der Mörder gefunden würde, selbst wenn sie es selbst wäre.«

Miß Silver betrachtete den Inspektor nachdenklich.

»Den Rollstuhl können Sie außerdem aus dem Spiel lassen. Agnes Fane ist nicht auf ihn angewiesen. Sie kann gehen.«

»Was?«

Miß Silver nickte.

»Ich habe es mit eigenen Augen gesehen. Es soll niemand wissen, obwohl Perry und Lucy und vermutlich auch die Deans eingeweiht sind. Sie kann schlecht schlafen und geht gern bei Nacht durchs Haus spazieren, wenn sie sicher ist, nicht gesehen zu werden.«

»Aber warum das alles?«

»Ich habe es Ihnen doch schon gesagt. Sie ist eine sehr starke Persönlichkeit. Nach ihrem Unfall war ein Bein kürzer als das andere. Sie konnte es nicht ertragen, daß andere sie hinken sehen würden. Sie zog die Rolle eines an den Rollstuhl gefesselten Menschen vor.«

Noch immer sah er sie entgeistert an.

»Soll das heißen, daß sie die Treppen hinuntergehen kann?«

»O ja, ich habe es schon selbst gesehen.«

»Wann?«

»In der Nacht, nachdem ich hier angekommen bin. Sie kann ganz gut gehen.«

»Weiß sie, daß Sie sie gesehen haben?«

»O nein, bestimmt nicht.«

Er schaute sie einen Augenblick nachdenklich an und meinte dann:

»Soll das ein Witz sein?«

»Ich verstehe Sie nicht ganz, was meinen Sie damit?«

Randal lächelte ein wenig und sagte dann:

»Ich meine, verdächtigen Sie Miß Agnes Fane wirklich?«

Miß Silver erhob sich würdevoll.

»Ich bin wirklich nicht in der Lage, diese Frage zu beantworten.«

»Das bedeutet: ja. Aber warum? Sagen Sie mir, warum?«

Sie schüttelte den Kopf.

»Hätte sie denn mit einer Pistole umgehen können? Können Sie mir das wenigstens sagen?«

»Allerdings. Als Kind brachte uns Mr. Fane, Agnes' Vater, das Schießen bei. Mir, Agnes, Lucy und – ja, natürlich – Perry.«

»Perry?«

Miß Silver erhob sich und ging auf die Tür zu.

»Ja«, sagte sie trocken. »Perry war sogar ein sehr guter Schütze.«

32

Nach dem Tee ging Miß Silver hinaus, um einen Brief aufzugeben. Außerdem hatte sie das Bedürfnis, allein zu sein.

Der Abend war dunkel und ruhig. Die Luft roch nach Regen. Sie ging die Auffahrt hinunter und schlug die Richtung zur Kreuzung ein, wo sich der nächste Briefkasten befand. Sie gab den Brief auf und ging langsam und nachdenklich zurück. Immer wieder mußte sie an die letzte Unterhaltung mit Randal March denken. Perry – der Name ging ihr nicht aus dem Sinn. Einundvierzig Jahre treuer Dienst verband sie mit Agnes Fane. Und Miß Silver konnte in dieser Verbindung kein Motiv für einen Mord an Tanis Lyle finden. Wenn es eines gab, mußte es woanders zu suchen sein. Sie fand keine Antwort auf ihre Frage, es sei denn ... es sei denn ... Ein Gedanke, der ihr schon früher gekommen war, flackerte wieder auf.

Miß Silver war so in Gedanken versunken, daß sie an der Auffahrt vorbeiging und sich plötzlich auf einem Pfad befand, der rechts und links von dichtem Buschwerk bestanden war. Ein Ast streifte ihre Wange, und sie wachte auf. Es war inzwischen stockdunkel geworden. Sie vermutete, sie befinde sich irgendwo in der Nähe des Nordflügels.

Sie bedauerte gerade, nicht ihre Taschenlampe mitgenommen zu haben, als sie das Geräusch von Schritten und Stimmen hörte. Ein Mann sagte: »Paß auf«, und ein Mädchen kicherte und erwiderte: »Ich kann doch nichts sehen.«

Das Mädchen mußte Florrie Mumford sein, der Mann William Shepherd, einer der Gärtner.

Miß Silver wollte schon leise den Rückweg antreten, als sie plötzlich aufhorchte.

»Wenn du weißt, wer es getan hat, Florrie, solltest du es wirklich sagen.«

Florrie kicherte.

»Ich weiß nichts, aber auch gar nichts.«

»Dann mach nicht dauernd solche Anspielungen, als ob du es wüßtest!«

Dann hörte man das Geräusch eines Kusses.

Florrie kicherte und flüsterte:

»Stell dir vor, ich würd' Geld kriegen. Es gibt Leute, die mich anständig dafür bezahlen, wenn ich die Anspielungen für mich behalte.«

»Was redest du denn da?«

»Das möchtest du wohl wissen. Geld – darüber rede ich. Was würdest du zu tausend Mark sagen?«

Was William dazu sagte, konnte Miß Silver nur ahnen. Sie hörte nur, wie er immer wieder rief: »Florrie, Florrie! Wie soll das mit dir weitergehen!«

Mehr konnte sie nicht verstehen, weil sich die beiden entfernten. Miß Silver blieb noch einen Augenblick in Gedanken versunken stehen. Als sie nichts mehr hörte, machte sie sich auf den Rückweg.

Sie ging sofort ins Arbeitszimmer, wo sie hoffte, Randal March anzutreffen. Er war jedoch nicht da, und so rief sie ihn an. »Ich habe Neuigkeiten für Sie. Ich habe gerade eine Unterhaltung mitangehört, von der ich Ihnen erzählen möchte. Einen Augenblick, ich bin sofort wieder da.«

Sie legte den Telefonhörer auf den Tisch und ging lautlos zur Tür. Sie machte sie auf und spähte den Korridor hinunter. Kein Mensch war zu sehen. Aus dem Frühstückszimmer ertönte laute Musik. Zufrieden schloß sie die Tür hinter sich und nahm den Hörer wieder auf.

»Alles in Ordnung. Ich werde Ihnen jetzt ein paar interessante Dinge berichten.«

Als sie Florries Unterhaltung mit William Shepherd wiedergegeben hatte, meinte March trocken: »Ich weiß nicht, was Sie davon halten, aber meiner Ansicht nach befindet sich das Mädchen in höchster Gefahr. Es ist mehr als gefährlich, einen Mörder zu erpressen.«

Es folgte eine Pause, bis March fragte:

»Haben Sie schon mit ihr gesprochen? Weiß sie, daß sie Zuhörer hatten?«

»Nein. Ich würde so einen Schritt nie tun, ohne Sie vorher informiert zu haben.«

Der Polizeiinspektor lächelte am anderen Ende der Leitung. Die liebe Miß Silver hatte schon mehr Schritte unternommen, ohne vorher die Polizei verständigt zu haben. Sie mußte einigermaßen in Sorge sein. Und so fragte er:

»Wollen Sie sie sprechen?«

Miß Silver räusperte sich.

»Ich glaube nicht. Sie würde mir nichts sagen. Ein Mann hätte da mehr Glück. Wollen Sie es nicht versuchen? Sie wird dem Butler heute beim Abendessen helfen. Ich werde versuchen, das Gespräch auf Erpressung zu bringen. Ich kann dabei auch die Reaktionen der anderen beobachten. Es wäre sicher recht interessant.«

Randal March hatte nichts dagegen einzuwenden.

Als Miß Silver durch die Halle ging, lief ihr Carey Desborough direkt in die Arme, was ihr ganz gelegen kam, denn sie hatte noch etwas mit ihm zu besprechen.

»Wollen Sie mir einen Gefallen tun, Mr. Desborough?« fragte sie. »Es ist nur eine Kleinigkeit, aber ich wäre Ihnen dankbar, wenn Sie mir helfen würden, heute abend das Gespräch auf Erpressung zu bringen.«

Er war ziemlich überrascht und zeigte es deutlich.

»Miß Silver!«

Sie senkte ihre Stimme ein wenig und fragte ihn dann:

»Hat jemand versucht, Sie oder Miß Laura zu erpressen?«

Carey hatte sich wieder gefaßt. Ruhig sagte er:

»Nein, weder mich noch Laura. Wir wären zur Polizei gegangen.«

Miß Silver nickte.

»Irgend jemand in diesem Haus ist ein Erpresser. Deswegen möchte ich auch heute abend das Gespräch darauf bringen. Werden Sie mir dabei helfen?«

»Nun gut, ich werde es – wenn auch ungern – tun.«

33

Der Abend verlief nicht zur völligen Zufriedenheit von Miß Silver. Die Maxwell-Brüder waren ruhig und in sich gekehrt, Petra North wirkte blaß und war auffallend schweigsam. Laura hatte vergeblich versucht, Lucy Adams in eine Unterhaltung zu verwickeln.

Während des Essens versuchte Miß Silver auf alle erdenkliche Art und Weise, das Gespräch auf Erpressung zu bringen. Dean servierte das Essen, und Florrie Mumford war ihm dabei behilflich.

»Schließlich setzte sich mein Freund doch noch mit der Polizei in Verbindung«, beschloß Miß Silver ihre Geschichte.

Carey Desborough nahm sogleich den Faden auf.

»Erpressung wird ziemlich streng bestraft.«

»Mit Recht«, unterstützte ihn Miß Silver. Sie nahm sich dabei noch ein paar Kartoffeln und fuhr fort: »Es wurden Strafen bis zu einundzwanzig Jahren Gefängnis verhängt. Und wenn man bedenkt, in welcher Gefahr sich der Erpresser in den meisten Fällen befindet, fragt man sich, warum immer noch einige Leute Erpressungen begehen.«

Florrie reichte die Kartoffeln weiter, ohne mit der Wimper zu zucken. Vielleicht war sie so beschäftigt, daß sie Miß Silvers Ausführungen nicht folgen konnte, oder sie kannte das Wort Erpressung einfach nicht. Auf jeden Fall stellte Miß Silver bald fest, daß sie ihre Zeit vergeudete.

Das Ergebnis des Experiments war gleich null.

Enttäuscht begab sich Miß Silver auf ihr Zimmer. Kurz darauf klopfte es, und Florrie Mumford kam – wie immer abends – mit einer Wärmflasche ins Zimmer.

»Einen Augenblick, Florrie. Und bitte, schließen Sie die Tür. Ich habe etwas mit Ihnen zu besprechen.«

Miß Silver war nach einigem Überlegen zu dem Schluß gekommen, doch persönlich mit Florrie zu reden. Da die indirekte Warnung offensichtlich wirkungslos geblieben war, mußte sie deutlicher gewarnt werden.

Florrie blieb herausfordernd stehen.

»Ich werde Sie nicht lange aufhalten. Ihre Unterhaltung mit Mr. William Shepherd heute abend wurde mit angehört. Sie wissen etwas – oder tun jedenfalls so – über den Mörder von Miß Lyle und versuchen, denjenigen, den Sie verdächtigen, unter Druck zu setzen. So etwas nennt man Erpressung. Heute abend haben wir davon gesprochen. Vielleicht wissen Sie nicht, daß Erpressung in den Augen des Gesetzes ein schweres Vergehen ist und hart bestraft wird. Außerdem sind Sie in großer Gefahr. Sie sollten der Polizei von Ihrem Verdacht unverzüglich berichten. Sie wird Sie schützen. Ein Mensch, der einen Mord begangen hat, wird vor einem zweiten nicht zurückschrecken.«

Schon während sie sprach, merkte sie, daß ihre Worte ohne Wirkung auf Florrie blieben. Florries Gesicht blieb unbewegt.

»Ich weiß nicht, wovon Sie sprechen.«

Miß Silver schüttelte den Kopf.

»Ich glaube doch. Ich will nicht mehr sagen, aber ich hoffe, Sie beherzigen meine Warnung.«

Miß Silver hatte kaum ausgesprochen, als Florrie die Tür aufriß und sie ziemlich lautstark hinter sich schloß.

So eine blöde Kuh, will mir predigen, was ich zu tun habe. Tausend Mark sind tausend Mark. Und die will ich haben, koste es, was es wolle. Florrie brachte die restlichen Wärmflaschen weg und ging dann auf ihr Zimmer im Nordflügel. Sie hatte ein eigenes, allerdings winzig kleines Zimmer. Doch sie war froh, so konnte sie sich nachts wenigstens ungestört mit Bert treffen. Was Bill wohl sagen würde, wenn er von Bert wüßte? Ihr war es egal. Metzger verdienten heutzutage recht gut, und sie wollte es schließlich zu etwas bringen. Heute abend um zwölf Uhr sollte sie das Geld bekommen. Sie mußte nur aufpassen, bis Dean seine Runde beendet hatte und die Verbindungstür zum Hauptflügel abschloß. Wie oft zuvor mußte sie rechtzeitig hinausschlüpfen, um den nächtlichen Besucher, mit dem sie um zwölf Uhr verabredet war, zu treffen.

Als sie Dean auf der Treppe hörte, rannte sie leise hinaus.

Sie wollte in das Zimmer, das direkt neben Miß Silver lag. In dem sonst leeren Raum stand ein bequemer Armsessel. In diesem ließ sich Florrie in der Dunkelheit nieder und hing ihren Gedanken nach. Tausend Mark! Was sie damit alles anfangen konnte ... Und Bert würde das Geld sicher auch nicht verachten.

Sie hatte die Tür einen Spalt offen gelassen. Nach einer Weile schreckte sie auf; die Uhr in der Halle schlug zwölf. Lautlos schlüpfte sie aus dem Zimmer und schlich hinunter über die Halle ins Arbeitszimmer, wo sie die tausend Mark in Empfang nehmen sollte.

Wie immer brannte ein schwaches Licht in der Halle. Die Tür zum Arbeitszimmer stand offen, drinnen war es dunkel. Sie war also zuerst da. Ein kalter Luftzug streifte sie, als sie das Zimmer betrat. Plötzlich hörte sie eine Stimme hinter sich sagen: »Mach das Licht an, Florrie, ich habe das Geld für dich.« Tausend Mark! Ihre Hand fuhr zum Lichtschalter. Einen Augenblick stand sie im gleißenden Licht da, dann sauste eine behandschuhte Hand nieder und schlug ihr mit dem Schürhaken heftig über den Schädel. Die Hand knipste das Licht wieder aus. Man hörte leiser werdende Schritte. Danach war wieder alles totenstill. Nichts rührte sich im Haus. Ein kalter Windzug kam durch das offene Fenster.

34

Laura wachte in der Dunkelheit auf. Sie wußte nicht, wodurch sie wach geworden war, aber sie hatte ein unbestimmtes Gefühl von Angst. Angst – Angst – Angst – hämmerte es in ihrem Kopf im Takt ihres Herzschlages.

Sie setzte sich kerzengerade im Bett auf und lauschte. Alles war totenstill. Endlich stand sie zitternd auf und holte sich ein

Glas Wasser. Sie wurde dabei ein wenig ruhiger. Im Dunkeln tastete sie sich barfuß zur Tür. Leise öffnete sie sie und spähte hinaus.

Nach der Dunkelheit in ihrem Zimmer wirkte das schwache Licht auf dem Korridor fast hell. Sie blickte nach rechts. Der lange Korridor war menschenleer. Als sie nach links schaute, sah sie Agnes Fane.

Wieder packte sie die Angst. Wie angewurzelt blieb sie stehen. Agnes Fane konnte gehen! Den linken Fuß zog sie hinter sich her. Wie gebannt blieb Laura regungslos stehen. Sie konnte sich nicht von der Stelle rühren und sah Agnes Fane immer näher auf sich zukommen.

Ihr Gesicht war wie eine weiße Maske. Die dunklen Augen blitzten. Als sie bei Laura angekommen war, blieb sie stehen. Mit einer Hand stützte sie sich gegen die Wand und schaute auf Laura herab. Heiser sagte sie schließlich:

»Was tun Sie denn hier, Sie sollten doch längst im Bett sein?«

»Weil ich mich fürchte«, war Lauras Antwort.

Agnes Fane warf ihr einen Blick zu, der nicht ärgerlich oder zornig, sondern kalt und fremd war. Sie sagte schließlich:

»Wovor fürchten Sie sich?«

»Ich weiß es nicht.«

»Gehen Sie ins Bett. Und schließen Sie die Tür ab, beide Türen! Gehen Sie ins Bett und bleiben Sie dort! Hören Sie, bleiben Sie dort.«

Mit steifen Gliedern ging Laura zurück ins Zimmer.

Sie schloß beide Türen ab und legte sich wieder ins Bett. Sie zitterte vor Kälte. Sie wußte nicht, daß sie dem Tod knapp entgangen war.

35

Nur ganz allmählich wurde ihr wieder etwas wärmer. Sie zog die Decke noch fester um sich. Das Licht der Nachttischlampe warf ein beruhigendes Licht ins Zimmer. Der Alptraum war vorbei und damit auch die Angst. Sie fragte sich, warum sie sich hatte so fürchten können.

Doch dann, als sie zur Tür sah, kam die Angst wieder in ihr hoch. Die Türklinke bewegte sich langsam, ganz langsam nach unten. Dann ging sie wieder zurück und bewegte sich nicht mehr.

Laura saß aufrecht im Bett. Sie beobachtete die Tür und lauschte angestrengt, aber sie hörte nichts. Wie froh war sie jetzt, die Türen abgeschlossen zu haben. Es konnte niemand herein. Im gleichen Moment hörte sie hinter sich ein leises Geräusch an der Badezimmertür.

Mit einem Sprung war sie aus dem Bett. Laura nahm all ihren Mut zusammen und rief:

»Wer ist da?«

Sie hatte sich nie in ihrem Leben so erleichtert gefühlt, als sie Lucy Adams' Stimme hörte.

»Sind Sie wach? Lassen Sie mich herein! Warum schließen Sie denn alle Türen ab?«

Laura drehte den Schlüssel mit zitternden Händen um. Sie öffnete die Tür, und Lucy Adams betrat mit einem roten Morgenmantel ihr Zimmer. Sie schaute sorgenvoll drein und flüsterte leise:

»Es ist Agnes – sie ist krank. Warum haben Sie die Tür abgesperrt? Das finde ich gar nicht gut. Agnes ist krank, und ich konnte Sie nicht verständigen. Wir müssen sofort den Arzt rufen. Helfen Sie mir.«

Laura warf sich ihren Morgenmantel über. »Was hat sie denn? Ist sie krank? Was soll ich tun?«

»Sie hat wieder einen ihrer üblichen Anfälle. Man kann sie nicht allein lassen. Perry ist jetzt bei ihr. Ich muß hinunter und den Doktor anrufen, aber ich kann es nicht allein. Es war ein solcher Schock für mich. Sie müssen mitkommen.«

Ein Windstoß kam durch das offene Fenster. Laura schloß es. Sie zitterte, als sie zurückkam.

»Natürlich komme ich mit, aber sollen wir nicht Miß Silver oder Carey verständigen?«

»Nein, nein, nein ... Nicht doch. Das sind ja Fremde. Ich habe Sie geholt, weil Sie mit zur Familie gehören.« Wieder stieg die Furcht in Laura hoch, als sie daran dachte, wie Agnes Fane ihr heute nacht mit schneeweißem Gesicht geraten hatte, die Tür zu verschließen. Am Fuß der Treppe angekommen, wandte sich Lucy Adams um und sagte zu ihr:

»Warten Sie hier, Sie brauchen nicht zu hören, was ich dem Doktor zu sagen habe. Warten Sie hier auf mich!«

Laura nickte. Sie wußte nicht recht, was sie von all dem halten sollte. Sie hatte ein ungutes Gefühl. Wenn sie gewußt hätte, daß Florrie Mumford nur einige Schritte entfernt von ihr tot auf dem Boden des Arbeitszimmers lag ...

Aber sie wußte es nicht.

Sie lehnte sich zitternd gegen das Treppengeländer. Hoffentlich blieb Lucy nicht lange. Sie hörte Stimmengemurmel.

Dann ging die Tür auf, und Lucy winkte sie herunter. Aus Tanis Lyles Wohnzimmer kam ein Lichtschein, und ehe Laura sich's versah, wurde sie von Lucy ins Zimmer gezogen.

Wie aus weiter Ferne hörte sie Lucy Adams' Stimme: »Sie wissen natürlich, daß Agnes Tanis erschossen hat. Natürlich wollte sie nicht Tanis töten. Es war ein schrecklicher Unfall. Sie wollte eigentlich Sie umbringen.«

Laura sah, wie sich hinter Lucy Adams die Tür ein wenig bewegte.

36

Miß Silver öffnete die Augen. Es war stockdunkel. Sie wußte nicht, warum sie wach geworden war. Sie hatte das undeutliche Gefühl, ein Geräusch im Haus gehört zu haben. Doch jetzt war wieder alles totenstill.

Sie knipste die Nachttischlampe an und legte sich eine Stola um die Schultern. Sie ließ einige Minuten verstreichen, doch immer noch war alles ruhig. Sie hatte morgen einen anstrengenden Tag vor sich. Sie sollte wirklich versuchen, noch ein wenig zu schlafen. Aber sie fand keine Ruhe. Sie nahm ein Buch zur Hand, doch sie konnte sich nicht auf das Gelesene konzentrieren. Ihre Gedanken wanderten. Schließlich stand sie auf, zog einen Morgenmantel über und ging hinaus auf den Flur. Vor Carey Desboroughs Zimmer blieb sie stehen und klopfte leise. Nichts rührte sich. Kurz entschlossen öffnete sie die Tür, ging hinein und machte Licht. Mit einem Schlag war Carey hellwach. Er setzte sich in seinem Bett auf und fragte:

»Was ist los? Ist etwas passiert?«

Miß Silver erwiderte:

»Hoffentlich nicht, Mr. Desborough. Tut mir leid, daß ich Sie stören muß, aber ich habe das ungute Gefühl, als ob im Hause irgend etwas nicht in Ordnung ist. Ich wäre Ihnen dankbar, wenn Sie mich begleiten würden.«

Mit einem Sprung war Carey aus dem Bett.

Sie gingen leise die Treppe hinunter in die Halle. Auf der letzten Stufe hörten sie ein Geräusch. Miß Silver wußte sofort, woher es kam: aus Tanis Lyles Wohnzimmer, denn aus der Tür drang ein schwacher Lichtschimmer.

Sie zupfte Carey am Arm und legte die Finger auf die Lippen. Einen Augenblick lang blieben sie schweigend stehen. Dann gingen sie geräuschlos auf die Tür zu. Sie hörten

Lucy Adams gerade sagen: »Es war ein schrecklicher Unfall. Sie wollte eigentlich Sie umbringen.«

37

Carey Desborough hörte die Worte. Er spähte vorsichtig durch den Türspalt ins Zimmer und sah Laura. Ihr Gesicht war totenblaß, ihre Augen weit aufgerissen.

Miß Silver packte seinen Arm. Er drehte sich um und sah, wie sie ihm mit dem Finger auf dem Mund bedeutete, keinen Lärm zu machen. Lucy Adams fuhr fort:

»Das war nicht zu verwundern. Sie haßte Sie schon vor Ihrer Geburt. Ihre Mutter hat uns Oliver weggenommen. Sie hatte kein Recht auf ihn. Er gehörte uns. Sie ließ ihn sterben. Er wäre nicht gestorben, wenn er hiergeblieben wäre. Und so war es nur zu gerecht, daß Sie sterben sollten. Nur zu gerecht. Sie überlegte, wie sie ihren Plan am besten verwirklichen könnte. So etwas ist ja nicht einfach. Man muß sehr klug und geschickt sein und improvisieren können, wenn sich eine günstige Gelegenheit ergibt. Als Mr. Hazelton hierherkam, wußte sie sofort, daß dies ihre Gelegenheit war. Jeder würde ihn für den Schuldigen halten, wenn man Sie mit seiner Pistole erschossen auffinden würde. Tanis hat noch dazu in aller Öffentlichkeit erzählt, wo sie die Pistole aufbewahrte. Doch sie sagte nicht die ganze Wahrheit, denn die andere Pistole, die er nach ihrer Aussage noch hatte, befand sich ebenfalls in ihrem Besitz.«

Laura starrte Lucy Adams immer noch sprachlos an.

»Und jetzt will ich Ihnen ein wenig über Donnerstag nacht erzählen. Sie wollen doch sicherlich wissen, wie alles passiert ist, nicht wahr, und Sie gehören ja zur Familie – Sie werden doch niemandem etwas erzählen?« Sie wiederholte die letzten

Worte kichernd: »Sie werden doch niemandem etwas erzählen. Also, es war so. Agnes ging auf ihr Zimmer, aber der Sturm ließ sie nicht schlafen. Sie spazierte also ein wenig durchs Haus. Sie tut es oft, wenn niemand sie dabei sehen kann.«

Carey warf Miß Silver einen erstaunten Blick zu. Sie nickte kurz und konzentrierte sich wieder auf Lucy Adams. »Als sie aus ihrem Zimmer kam, sah sie jemanden um die Ecke am anderen Ende des Korridors biegen. Sie konnte nicht genau erkennen, wer es war, aber sie wollte schon herausfinden, wer zu dieser späten Zeit außer ihr noch im Haus spazierenging. Wir wissen natürlich alle, daß es Tanis war, die nach unten ging, doch Agnes dachte, Sie wären es.«

Laura öffnete den Mund und wollte etwas sagen, doch kein Laut kam über ihre Lippen.

Miß Adams nickte.

»Ja, so war das, und es war völlig natürlich, daß sie dachte, Sie seien es. Das Licht in der Halle ist nicht hell genug. Außerdem hatten auch Sie ein schwarzes Kleid an. Agnes konnte natürlich nicht wissen, daß Tanis ihr weißes Kleid ausgezogen hatte und einen schwarzen Pyjama anhatte. Sie sind etwa gleich groß wie Tanis und haben die gleiche Haarfarbe. Außerdem hatte sich Tanis den chinesischen Schal umgehängt, den sie unten auf dem Treppengeländer gefunden hatte. Dadurch konnte sie natürlich noch eher mit Ihnen verwechselt werden. Man kann Agnes nicht den geringsten Vorwurf machen. Als sie dann Sie in Tanis' Wohnzimmer gehen sah, wollte sie natürlich wissen, was Sie da zu suchen hatten, und auf halber Treppe erinnerte sie sich plötzlich an die Pistole und dachte, wie einfach es doch wäre, Sie jetzt zu erschießen.

Als sie in Tanis' Zimmer kam, war es leer, die Tür zum Turmzimmer stand jedoch offen. Natürlich war es Tanis, doch sie dachte immer noch, Sie seien es. Wieder fiel ihr die Pistole ein, und dann Oliver, und daß Sie eigentlich gar nicht das Recht hatten, zu leben. Und jetzt wollten Sie auch noch Schwierigkeiten machen und die Propstei nicht verkaufen. Agnes mußte an all diese Dinge denken, und schließlich holte sie die Pistole aus der Schublade. Natürlich machte sie alles sehr vorsichtig und umwickelte die Hand mit einem Taschentuch, um keine Fingerabdrücke zu hinterlassen. Oft genug hatte sie dies in Büchern schon gelesen. Mit der Pistole in der Hand ging sie zur Tür, die ins Turmzimmer führte. Die Tür zur Kirche stand offen. Sie standen in der Tür. Sie war völlig sicher, daß Sie es waren, denn das Licht aus dem Wohnzimmer beleuchtete direkt Ihren bunten chinesischen Schal. Sie drückte ab, und Sie fielen die Treppe hinunter. Nur waren nicht Sie es, sondern Tanis, denn sie schrie auf, und in dem Moment, als Agnes ihre Stimme hörte, wußte sie, wen sie in Wirklichkeit erschossen hatte. Sehr bedauerlich, aber sie hat keine Schuld. Sie wollte Sie töten, und es war nicht ihre Schuld, wenn sie sich täuschte.«

Miß Adams schwieg eine Weile, als ob sie erwarte, daß Laura etwas dazu sagen werde. Doch diese schwieg.

»Agnes war natürlich sehr enttäuscht und völlig durcheinander. Sie nahm Tanis' Taschenlampe, die auf dem Sofa lag, und ging die Treppe hinunter, um sich zu vergewissern. Wirklich ein schrecklicher Unfall. Sie hatte Tanis erschossen! Gott sei Dank hatte niemand den Schuß gehört. Es war ihr sofort klar, daß der Schal verschwinden mußte. Niemand würde sie verdächtigen, Tanis erschossen zu haben. Wenn der Schal hierbliebe, könnte man annehmen, Tanis sei einer Verwechslung zum Opfer gefallen. Sie nahm ihn also an sich und verbrannte ihn. Das war sehr klug von ihr, finden Sie nicht auch? Dann beseitigte sie alle Fingerabdrücke von der Tür, der Pistole und der Taschenlampe und ging in ihr Zimmer. Natürlich fand sie keinen Schlaf.«

Woher weiß sie das alles so genau? Woher? Immer deutlicher nahmen die Worte Gestalt an in Lauras Kopf, und plötzlich waren die Worte heraus:

»Woher wissen Sie das alles?«

»Gleich werde ich es Ihnen sagen, nur Geduld. Agnes hat keine Geheimnisse vor mir. Sie hat den Gedanken, Sie umzubringen, natürlich nicht aufgegeben, niemals! Sie hat alles wohl durchdacht. Erinnern Sie sich an die andere Pistole, die Tanis von Hazelton hatte? Nun, Agnes wußte, wo sie aufbewahrt wurde. Und heute nacht wollte sie Sie umbringen. Sie wollte Sie aus unmittelbarer Nähe erschießen und die Pistole in Ihre Hand legen, so daß es nach Selbstmord aussehen sollte. Natürlich können Sie nicht wissen, daß Florrie Agnes erpreßt hat. So mußte sie erst Florrie loswerden und danach Sie mit einem schlauen Trick zu sich locken. Doch jetzt wollen wir nicht mehr von Agnes reden, denn auch das war Teil des Tricks. Haben Sie wirklich geglaubt, ich hätte den Doktor angerufen? Laura, auch das war ein kluger Trick! Damit wollte ich Sie nur nach unten locken. Und nicht Agnes hat sich all diese Dinge ausgedacht, nein, ich war es. Ich – ich – ich! Und jetzt werde ich Sie erschießen, Laura!«

Als Lucy Adams das Wort Trick zum erstenmal benutzte, geschahen zwei Dinge gleichzeitig. Miß Silvers Hand ließ den Arm los, den sie bis jetzt gehalten hatte, und Carey Desborough riß die Tür auf. Er wußte nicht, ob Laura ihn sah oder nicht. Ihre Augen waren vor Schreck weit aufgerissen.

Miß Adams war ganz versunken. Sie hörte und sah nichts. In ihrem Kopf hatte nichts anderes Platz als ihr verrücktes Vorhaben. Bei den letzten Worten griff sie in die Tasche ihres Morgenmantels. Doch Carey Desboroughs Hände packten sie von hinten am Handgelenk und hielten es fest.

Laura zitterten die Knie. Alles drehte sich um sie, sie hörte und sah nichts. Als sie wieder zu sich kam, stand Miß Silver am Telefon, und Carey hielt Lucy an beiden Händen fest. Sie hörte Miß Silver sagen: »Ja, bitte sagen Sie dem Inspektor, er möchte sofort herkommen. Miß Silver ... ja, so heiße ich – Miß Maud Silver.«

Als Miß Silver die Pistole aufhob, sagte Lucy Adams beleidigt:

»Lassen Sie mich sofort los! Carey! Wirklich, Sie benehmen sich sehr merkwürdig. Man könnte glauben, Sie hätten den Verstand verloren.«

38

»Wann haben Sie Lucy Adams zum erstenmal verdächtigt?« fragte Randal March.

Miß Silver strickte emsig. Ein grauer Januarhimmel verschleierte die schwache Wintersonne.

»Das weiß ich nicht genau, Randal, aber ich hielt weder die Madisons noch einen anderen der Verdächtigen für den Täter. Ihnen allen fehlte die Kälte und Berechnung, mit der der Mord begangen wurde. Ich konnte mir nicht vorstellen, daß Mr. Madison oder Mr. Maxwell oder Mr. Desborough eine Frau in den Rücken geschossen hätten. Sie erinnern sich daran, welche Bedeutung ich dem chinesischen Schal schenkte. Die Herkunft der Fäden, die man in Tanis' Ring fand, mußte geklärt werden. Ich fand zwei Möglichkeiten. Entweder hatte Laura den Schal getragen, und es war zu einer heftigen Szene zwischen ihnen gekommen, im Verlaufe derer die Fäden herausgezogen wurden, oder Tanis selbst hatte den Schal getragen, als sie erschossen wurde. Die erste Erklärung fand ich äußerst unwahrscheinlich. Die zweite Theorie war insofern wahrscheinlicher, als der Schal vernichtet worden ist. Wenn Laura ihn getragen hätte, wäre er wohl nicht verbrannt worden. Jede Frau weiß, daß man Blutflecken leicht entfernen kann, wenn man sie sofort mit kaltem Wasser auswäscht.

Neben Lauras Zimmer war das Badezimmer. Sie hätte die Flecken auswaschen und den Schal an der Heizung trocknen können. Der Täter, der kaltblütig genug war, alle verräterischen Fingerabdrücke sorgfältig zu beseitigen, mußte gewußt haben, daß das Verschwinden des Schals nicht unbemerkt bleiben konnte. Deswegen mußte er auf alle Fälle vernichtet werden. Der Grund für diese Notwendigkeit ergibt sich sofort. Ein Blutfleck kann entfernt werden, nicht jedoch das Loch einer Pistolenkugel. Ich kam zu der Überzeugung, daß Tanis den Schal getragen haben mußte, als sie ermordet wurde, und daß der Mörder schwerwiegende Gründe für die Vernichtung des Schals gehabt haben mußte. Zunächst verstand ich nicht, warum er beseitigt worden war. Wenn Tanis den Schal getragen hat und wenn man sie am nächsten Morgen damit gefunden hätte, wäre zweifellos Laura verdächtigt worden. Ich kam zu der Überzeugung, daß uns der Grund für die Vernichtung des Schals auf das Mordmotiv bringen würde.

Ich glaubte immer sicherer, daß Tanis den Schal getragen haben mußte. Es war doch nur zu natürlich, daß sie ihn auf dem Weg in die Halle mitgenommen hatte. Er hing ja auf dem Treppengeländer. Der Mörder konnte also nur einen Grund gehabt haben, ihn zu beseitigen – daß er selbst in Gefahr käme, wenn er ihn nicht vernichtete. Erst am späten Samstag abend erkannte ich die Gefahr. Wenn der Mörder Tanis in der Halle gesehen hatte, konnte er sie durch den chinesischen Schal leicht für Laura Fane gehalten haben. Und wenn Laura Fane das eigentliche Opfer hätte sein sollen, mußte das Motiv für den Mord – und die möglichen Verdächtigen – erneut überprüft werden. Tanis Lyle hatte viele Feinde. Es gab so viele Motive, so viele Verdächtige, daß es in ihrem Fall schwierig war. In Lauras Fall gab es jedoch nur ein mögliches Motiv: eine alte Familienfehde, die seit über zwanzig Jahren bestand, und es gab nur drei mögliche Verdächtige – Agnes Fane, ihr Mädchen Perry und Lucy Adams. Ich überprüfte sie alle und kam zu dem Schluß, daß Lucy Tanis erschossen haben mußte.«

Randal March fragte: »Warum?«

Miß Silver hüstelte.

»Sie wissen die Antwort, mein lieber Randal. Agnes hat sehr gute Augen, ebenso Perry. Aber Lucy ist kurzsichtig. Von Kind an hat sie eine Brille getragen. Meiner Ansicht nach konnte nur einer kurzsichtigen Person ein solcher Fehler passieren.«

March bemerkte: »Das will ich nicht sagen. Die Größe und die Haarfarbe waren gleich. Und mit diesem auffallenden chinesischen Schal . . .«

Miß Silver schüttelte den Kopf.

»Daran denke ich jetzt gar nicht, Randal. Laura hatte einen schwarzen Spitzenmantel an, Tanis den schwarzen Pyjama und einen schweren schwarzen Seidenmantel. Nur jemand, der sehr kurzsichtig war, konnte aus einer so geringen Entfernung einen Seidenstoff mit Spitzen verwechseln.«

March lächelte rätselhaft.

»Wie genial – und wie weiblich! Sie werden mir gegenüber immer im Vorteil sein. Ich bin ja nur ein Mann.«

Auch Miß Silver lächelte.

»Es ist und bleibt von Nachteil, eine Frau zu sein. Diese kleinen Vorteile müssen Sie uns schon gönnen.«

Er lachte laut.

»Nun gut, Sie kamen also zu dem Schluß, Miß Adams müsse die Mörderin sein. Hatten Sie noch andere Gründe?«

Die Nadeln klapperten. Miß Silver sagte:

»O ja. Die letzte Gewißheit erhielt ich durch das Verhalten von Florrie Mumford.«

»Ich verstehe nicht ganz«, sagte er.

»Mein lieber Randal, ich konnte mir einfach nicht vorstellen, daß sie den Mut besaß, Agnes Fane zu erpressen. Agnes wirkt sehr einschüchternd. Ich war sicher, daß Florrie nicht wagen würde, sie zu bedrohen. Außerdem konnte ich mir Agnes nicht ernsthaft als Mörderin vorstellen. Wenn sie es gewesen wäre, wäre der Mord so perfekt gewesen, daß niemand sie verdächtigt hätte.«

»Also gut, aber was ist mit Perry?«

»Sie hatte kein so schwerwiegendes Motiv, und wie gesagt, ihre Augen waren sehr gut. Und Florrie hätte niemals tausend Mark von Perry erpressen können.«

»So blieb schließlich noch Lucy.«

»Ja, so war es. Aber ich hatte keinerlei Beweise. Ich wußte nicht, was ich tun sollte.«

»Was Florrie wohl gewußt hat?« meinte Randal March nachdenklich.

»Vielleicht hat sie den Schuß gehört und Miß Adams in der Halle gesehen. Vielleicht hat sie auch beobachtet, wie sie den chinesischen Schal verbrannt hat. Wir werden es nie erfahren – es sei denn, Miß Adams erzählt uns alles.«

Miß Silver legte ihre Stricknadeln zur Seite und faltete ihre Hände.

»Randal, ich glaubte Florrie in jener Nacht in Sicherheit. Entgegen Ihrem Rat habe ich sie noch persönlich ernsthaft gewarnt. Und ich wußte, daß Dean die Verbindungstür nachts abschließt. Nun, ich habe nicht recht gehabt.«

March warf ihr einen freundlichen Blick zu.

»Sie dürfen sich keine Vorwürfe machen – sie wollte es nicht anders.«

Miß Silver hustete.

»Ich mache mir keine Vorwürfe, Randal. Ich habe die Lage falsch beurteilt, aber hinterher kann man leicht reden.«

»Ich nehme an, Lucy kommt in eine Nervenheilanstalt, sie ist nicht zurechnungsfähig.«

Miß Silver schaute ihn ernst an.

»Eine unglückselige Geschichte. Sehen Sie, Lucy liebte Oliver genausosehr wie Agnes. Jeder wußte das. Sie wurde zum Gespött, das arme Ding. Und er hat sie nie ernst genommen, er lachte immer nur über sie. Und dann rannte er mit Lilian Ferrers weg, und sie und Agnes blieben zurück. Die beiden kamen nicht darüber hinweg, nur daß Agnes im Gegensatz zu Lucy eine starke Persönlichkeit ist. Lucy bestand nur noch aus Haß.«

March nickte.

»Schlimm«, sagte er.

»Ja, es ist schrecklich. Obwohl ich glaube, daß alles nicht so weit gekommen wäre, wenn nicht Jeffrey Hazelton auf der Bildfläche erschienen wäre. Mit ihm kam wohl zum erstenmal der Gedanke an Mord mit ins Spiel, und die nötige Waffe war nun auch da.«

»Meinen Sie, daß Agnes Fane davon gewußt hat?«

Miß Silvers Augen trafen die seinen.

»Ich weiß es nicht. Sie hat Lucy wahrscheinlich verdächtigt, es ist jedenfalls anzunehmen. Aber sie selbst wird wohl nie reden. Sie wird uns nie sagen, was sie gesehen hat oder welchen Verdacht sie hatte oder warum sie Laura in der letzten Nacht den Rat gab, die Türen abzuschließen.«

March fragte: »Wie hat sie alles aufgenommen? Wird sie daran zerbrechen?«

»Agnes wird nie zerbrechen«, war Miß Silvers Antwort.

Carey und Laura fuhren nach Hause. Petra North war gegangen. Die Maxwells waren weg. Die Tage in der Propstei waren vorbei. Weder Carey noch Laura drehten sich um, als das Haus hinter den Bäumen verschwand. Kurz darauf hielt Carey an. Er legte seine Arme um Laura und zog sie an sich.

»Liebling, du brauchst dich nicht mehr zu ängstigen, alles ist vorbei. Du wirst sie nie wiedersehen. Und nächste Woche heiraten wir. Du bist dann Laura Desborough! Laura, Liebling, weißt du überhaupt, wie sehr ich dich liebe?«

Laura sah ihn an: »Ja, ich glaube schon.«